W0240459

von da weg

tamara bach

von da weg

CARLSEN

Für Gwens Ohren (as you do)

kaija

1. Kaija starrt auf das Schild neben dem Schultor. *Neues Gymnasium* steht da. Sie sieht hinter dem Tor, hinter dem Schulhof das Schulgebäude. Neu sieht das nicht aus.
Kaija steht da und an ihr vorbei gehen andere durch das Tor, bleiben noch draußen stehen und unterhalten sich, begrüßen sich. Schauen sich um, ob sie jemanden sehen, den sie kennen.
Kaija nicht. Kaija atmet einmal tief ein, als würde sie Anlauf nehmen. Als würde einatmen Mut machen.
Neu, denkt sie, du bist nicht neu, denkt sie und meint die Schule. Ich bin neu.
Versucht es noch einmal mit tief Einatmen, da klingelt es und die Ersten gehen los.
Es ist noch nicht acht Uhr, das Klingeln nur ein Warnschuss.
Sie geht jetzt ein paar Schritte weiter nach drinnen. Drinnen heißt Schulbereich, heißt hinter dem Tor. Da bleibt sie noch einmal stehen, unter einer Kastanie, die bestimmt gepflanzt wurde, als das Gymnasium wirklich noch neu war.
Kaija lehnt sich an die Mauer bei der Kastanie und schaut zu, wie sich die Masse bewegt. Wie erst ein paar, dann mehr zu den Eingängen schlendern, hüpfen, latschen.

Sie geht im Kopf alle Synonyme für menschliche Fortbewegung durch.
Kaija geht nicht. Denkt: Ich warte. Ich verweile. Ich harre aus.
Es klingelt zum zweiten Mal.
Kaija merkt, dass sie die Hände zu Fäusten ballt. An der Handinnenfläche haben die Fingernägel rote Mondsicheln hinterlassen. Sie reibt die Hände aneinander, die Abdrücke bleiben.
Kaija geht los und der Kopf zählt ihre Schritte bis zum Schulhaus, sie geht durch die Tür mit anderen, die sich an ihr vorbeidrücken, zählt weiter, geht weiter, die Treppe hoch, schaut auf die Stufen, hat eine Hand am Treppengeländer. Erster Stock.
Kaija geht den Gang lang, der da ist, und findet die Tür zu ihrer neuen Klasse.
Die Tür ist noch zu, im Gang stehen andere, die warten. Ein paar umarmen sich, andere lachen, reden. Kaija stellt sich an die Wand ein paar Meter weiter weg und guckt auf ihr Handy, als wäre da was (da ist nichts).
Dann kommt ein Mann in langen Schritten auf langen Beinen, mit einem klimpernden Schlüsselbund in der einen und einer Ledertasche in der anderen Hand.
»Guten Morgen die Damen und Herren!«, ruft er, als er die Tür aufschließt, »Hereinspaziert, der Spaß fängt an!«
Einer mault, andere lachen, alles bewegt sich in den Raum.
»Du!«, sagt er, als Kaija sich an ihm vorbeidrückt. Sie stellt sich taub, schlüpft ins Klassenzimmer, sucht sich einen Platz. Alle Tische stehen zur Tafel ausgerichtet,

der Raum ist voll. Ganz hinten bei der Wand steht ein einzelner Tisch am Fenster. Da setzt sich Kaija schnell hin, dann kramt sie in ihrer Tasche nach Dingen, bis alle sitzen. Der Platz neben ihr bleibt frei. Als Kaija hochschaut, sieht sie: Alle Tische sind besetzt.
Ich bin die ungerade Zahl, denkt sie.
Der Lehrer starrt sie an. Kaija guckt auf ihren Block.
Dann redet er los, laut ist er: »Mesdames et Messieurs, Ladies and Gentlemen, herzlich willkommen zu einem weiteren Jahr an dieser Lehranstalt. Möge es ein gutes sein. Ich hoffe, ihr habt alle schöne Ferien gehabt, ja? Fein? Super. Die sind jetzt vorbei, jetzt ist Zeit für Bildung.«
Game Show Host, denkt Kaija.
Sie schielt auf ihren Plan, Herr Rehberge. Natürlich stellt der sich nicht vor. Die kennen ihn ja bestimmt schon alle, denkt Kaija.
»Und wir haben einen neuen Gast in dieser Runde! Du dahinten.«
32 Köpfe drehen sich zu Kaija um.
»Stell dich mal selbst vor, wer bist du, wo kommst du her, was hat dich hierhin verschlagen?«
Kaija schaut noch ihre Hände an, dann guckt sie hoch, über die Köpfe hinweg, zum Lehrer. Muss halb husten.
Ein paar kichern.
»Kaija«, sagt sie.
»Lauter«, sagt er.
»KAI-JA!«, ruft sie und jetzt lachen welche.
»Wie heißt die? Na ja?«, sagt eine Stimme vor ihr, eine von 32 anderen.

»Und weiter? Sternzeichen, Schuhgröße?«, sagt der Mann von vorne.
Kaija schüttelt den Kopf und schaut auf die Tischplatte. Die Ersten drehen sich wieder nach vorne um. Gemurmel.
»HEY!«, ruft Herr Rehberge, er meint das Gemurmel.
Kaija wartet. Als sie wieder hochschaut, sieht sie, dass er im Klassenbuch liest.
»Maybaum?«, sagt er und schaut sie an.
Sie nickt.
Er guckt, dann fragt er: »Ist deine Mutter …?«
»Ja«, sagt Kaija.
»Okay.« Er nickt. Er schaut sie noch eine Sekunde lang an, dann klappt er das Klassenbuch laut zu. »Weiter im Text.«
»Was ist denn mit ihrer Mutter?«, flüstert eine laut zu ihrer Nachbarin. Die zuckt mit den Schultern.
»Lena! Ruhe! Fängt das schon wieder an wie letztes Jahr! Wir hatten doch eine Abmachung!«, ruft Herr Rehberge.
Lena kichert. »Sorry!«
»Ja, ja, spiel nur mit meinen Gefühlen.«
Kaija kneift ein Stück Haut an ihrem Unterarm, lange, und schaut dabei nach vorne. Zählt, bis der Schmerz nicht mehr Schmerz ist.

Und, wie war der erste Tag?, werden die Eltern fragen. Hast du schon jemanden kennengelernt? Magst du deine Klasse? Wie sind deine Lehrer*innen?, werden sie fragen.

Kaija steht auf dem Schulhof in einer Ecke, wo niemand sonst steht.
Bist du denn auf die anderen zugegangen?
Das musst du machen, weißt du?
Du findest bestimmt jemanden, der deine Interessen teilt.
Keiner hat auf Kaija gewartet, als die ersten beiden Stunden vorbei waren. Keiner hat sich zu ihr gestellt, hat gesagt, hi, ich bin Lalala, und du bist neu, komm mit, ich zeig dir hier alles. Wie der Hase läuft. Ich zeige dir, wo man in der Pause steht. Wo man was zu essen kaufen kann. Ich zeige dir die besten Klos, die nicht stinken, wo man nicht anstehen muss. Ich stelle dir die anderen vor und dann frage ich, was du gern machst, und erzähl dir von mir. Und dann stellen wir fest, dass wir ganz viel gemeinsam haben.
Wie schön, denkt Kaija.
Sie macht den Gruppenchat auf, macht ein Foto von sich mit ihrem Brot, knallt einen Sticker drauf, und schickt es ab.
Antwortet keiner.
Kaija schreibt *Erster Schultag ohne euch*.
Ein GIF mit einem heulenden Kleinkind.
Sie starrt auf den Chat. Keiner geht online, kein Zeichen, kein Like.
Sie seufzt. Dann steckt sie das Handy in die Tasche.
Du musst den anderen auch zeigen, was du für eine Tolle bist, wird Papa sagen.
So toll, denkt Kaija.
Vor ihr liegt so was wie Rasen, die Reste von Rasen. Ein

paar vertrocknete Büschel mit viel staubiger Erde drum herum.
Du wirst ganz bestimmt ganz viele tolle Freunde hier finden.
Dich einleben.
Und dann willst du gar nicht mehr weg.
Strangers are just friends you haven't met yet.
Kaija seufzt noch einmal, dann klingelt es zur nächsten Stunde.

Geht das, denkt Kaija, da hat sie Mathe bei Mikesch, geht das, dass man einfach alleine bleibt? Dass man niemanden kennenlernt? Dass man in der Schule einfach für sich bleibt?
Geht das?, denkt sie, da hat sie Deutsch bei einer Frau mit kurzen Haaren und schwarzer Brille, die ihren Namen nicht gesagt hat, weil die Klasse sie schon kennt.
Kaija hat den Stundenplan in der Tasche stecken.
Wird man dann unsichtbar?
Kaija schleicht in der nächsten Pause zu dem Platz von der ersten Pause. Das Lehrerzimmer liegt auf der anderen Seite vom Schulgebäude. Das weiß sie.
Komm ruhig vorbei in der Pause, falls was ist, hat Mama gesagt.
Kaija schaut nach links, da geht es zum Rest vom Schulhof, da ist es laut. Sie schaut nach rechts, da sind die Fahrräder.
Schaut auf ihr Handy. Nichts.

Noch zwei Stunden.
Kaija beißt auf die Innenseite ihrer Wange.
Sie umrandet fünf mal neun Kästchen auf Karopapier und malt die einzelnen Vierecke aus.
Sie zählt Sekunden.
Sie hört sich selbst atmen und versucht leiser zu sein.
Hört, dass die letzten beiden Stunden ausfallen. Hört, wie sich die anderen freuen.
Hört, wie Sachen zusammengepackt werden, wie alle rausgehen, sich unterhalten. Lachen auch.
Kaija räumt all ihre Dinge wieder in ihre Tasche, macht die Tasche zu und hängt sie sich über die Schulter. Sie geht raus, geht an niemandem vorbei, weil alle schon gegangen sind, auch der Lehrer oder die Lehrerin, der oder die eben noch da saß, unsichtbar, denkt Kaija, geht schneller, als man denkt.

Das ist jetzt der Heimweg, denkt Kaija. Wenn man ihn umdreht, ist es der Schulweg.
Kaija geht dieselbe Strecke nach Hause, die sie am Morgen zum ersten Mal gegangen ist.
Sieht sich wieder die Häuser an, die am Wegrand stehen, die Straßenschilder. Die Gartenzäune, Garageneinfahrten. Briefkästen. Die Vorgärten. Die Namensschilder.
Kaija schnauft.
Die nächste Straße ist ihre.
Sie kommt da an, wo sie jetzt zu Hause sein soll. Müht sich mit der Haustür ab. Klingelt. Wartet. Versucht wieder den Schlüssel.

Irgendwann macht das Schloss klick und die Tür geht auf.
»Hallo?«, ruft Kaija ins Haus.
Das Haus antwortet nicht.
Sie geht in die Küche, da hängt die Tafel, die auch in der alten Küche daheim in der Elsenstraße hing.
Sind beim Arzt, Essen im Kühlschrank, steht da in Papas Schrift.
Das hätte man auch per Handy schreiben können, denkt Kaija.
Sie geht an den Kühlschrank, öffnet ihn und schaut, welches Essen für sie ist. Sieht einen Teller, verzieht die Nase.
Sie schließt den Kühlschrank, nimmt sich einen Apfel aus der Obstschale und geht in ihr neues Zimmer.

Die Tür geht nicht zu wegen der Kisten.
Kaija hat ihre Schultasche noch in der Hand und steht im Türrahmen.
Der Boden ist nicht Lava, der Boden ist Kistengeröll. Ein Hindernisparcours.
Sie seufzt, schiebt mit dem Schienbein die erste Kiste halb aus dem Weg, zwängt sich zwischen zwei anderen durch, schafft es zum Bett und schmeißt sich auf die Matratze.
Ich könnte auspacken, denkt sie.
Kaija gähnt.
Sie rollt sich auf den Bauch und schaut sich ihr Zimmer an.
Aber da sind ja keine Möbel, denkt sie. Und macht die Augen zu. Nur einen Moment.

Die Haustür ist laut, wenn sie zufällt. Mama ruft, dass sie zu Hause ist, und Kaija ist wieder wach und verwirrt.
Sie schaut sich um, das Zimmer, das neue, die Kisten, dann wieder Mamas Stimme.
Kaija ruft, dass sie oben ist. Nichts mehr von Mama.
Kaija schaut auf ihr Handy und sieht, dass sie über zwei Stunden geschlafen hat. Sie setzt sich auf, reibt sich die Augen, fischt nach ihrer Tasche, nach der Wasserflasche, trinkt sie leer.
Dann steht sie auf.
»Was machst du?«, ruft Mama von unten.
Kaija zuckt mit den Schultern. Ruft dann »AUSPACKEN!«.
Also steht sie auf und setzt sich mitten ins Zimmer zwischen zwei Kisten.
Ihr linkes Knie liegt jetzt in der Sonne, das rechte im Schatten. Vor ihr steht eine Kiste. Der Deckel ist zugeklebt. Irgendwo muss noch das Messer liegen. Ihre Hände tasten den Radius um ihren Körper ab. Nichts.
Sie verlagert ihr Gewicht nach rechts und greift unter die linke Pobacke. Nichts. Rechts auch nichts.
Sie steht auf. Schaut runter. Sieht das Messer. Dann steht sie da und seufzt und schaut zum Fenster raus.
Hell ist es, und warm.
Die Tür geht auf und Mama schaut rein. »Na?«, fragt sie.
Kaija antwortet nicht, guckt Mama nur an.
»Warm«, sagt Mama.
»Mmmh.«
Mama guckt zu den Kisten. Sagt nichts. Die Kisten

stehen überall. 80 Prozent Kisten, 20 Prozent Boden. (Und das Bett. Und der Schreibtisch.)
Kaija mault leise und öffnet ein Fenster.
»Pack eine Kiste aus und dann gehen wir zum Bäcker und holen uns Teilchen, ja?«
»Okay«, sagt Kaija irgendwann.
Mama nickt, dann macht sie die Tür zu.
Das Handy liegt auf dem Bett. Kaija steigt über drei Kisten und bleibt fast an einer hängen, also lässt sie sich aufs Bett fallen. Schaut auf ihr Handy. Nichts. Sie macht ein Foto von den Kisten. Stellt es in den Gruppenchat. Schreibt *This is my life now* drunter.
Keine Antwort. Sind vielleicht noch in der Schule, denkt sie.
»Ene mene miste«, sagt sie und tippt in der Luft auf die Kisten, »es rappelt in der Kiste.« Sie lacht kurz. »Ene mene meck und du musst weg.« Ihr Finger landet auf einer Kiste. Sie steht auf und öffnet die Kiste, auf der **Kram** steht, wie auf allen anderen Kisten auch.

»Wir können die Wände anmalen«, sagt Mama.
Sie hat sich bei Kaija untergehakt und versucht mit ihr Schritt zu halten.
»Du hast doch versprochen, dass du genauso klein bleibst wie ich«, sagt sie und schubst Kaija mit ihrer Hüfte an.
»Sorry«, sagt die.
»Das sind die dämlichen Gene von deinem Vater.«
»Kein Kuchen für Papa«, sagt Kaija.
»Genau«, sagt Mama und bleibt vor einer Bäckerei stehen. Als sie die Tür öffnet und reingeht, bimmelt es.

Mama schaut hoch zu der Klingel, als die Frau hinter dem Tresen »Ruth?« sagt.
Mama bleibt stehen und krallt sich an Kaijas Arm.
»Ja?«
Die Frau hinter dem Tresen grinst breit.
»Na so was«, sagt sie. »Dich hab ich ja ewig nicht gesehen! Was machst du denn hier? Besuch? Wo wohnst du denn jetzt?«
Mama steht da im Türrahmen, und wenn jetzt jemand reinwill, steht sie direkt im Weg. Kaija zieht Mama weiter zu der Frau.
»Hier«, sagt Mama.
»Hier?«, fragt die Frau.
Mama nickt.
»Das ist ja mal 'ne Neuigkeit! Seit wann das denn?«
Mama zuckt mit den Schultern. »Jetzt?«
Kaija geht noch näher an die Auslage ran, und die Frau, die eben noch mit dem Kopf geschüttelt hat, schaut sie an.
»Deine Tochter?«, fragt sie Mama.
Die geht jetzt endlich ein paar Schritte weiter, bis sie neben Kaija steht. »Ja«, sagt sie und streicht Kaija mit einer Hand über den Rücken. »Wir wollten Teilchen kaufen.«
»Teilchen, wunderbar«, sagt die Frau.
Als sie sich umdreht, sagt Kaija tonlos »Wunderbar« zu Mama, die schubst sie in die Seite.
»Was darfs denn sein an Teilchen?«, fragt die Verkäuferin, dreht sich um und grinst.

»Wer war das?«, fragt Kaija, als Mama sich vor der Tür wieder bei ihr unterhakt und sie den Weg zurückzerrt.
»Ich hab keine Ahnung.« Mama hebt die Hand zum Fenster und winkt der Frau drinnen.
»Schnell weg hier«, sagt sie.
Dann bleibt sie ruckartig stehen. »Shit. Das ist jetzt unsere Bäckerei«, sagt sie und starrt auf den Boden.
Dann maunzt sie, stampft auf, dreht sich zu Kaija und sagt »Bringt ja nichts, hätt ich ja wissen müssen«.
Sie laufen weiter.
»Und? Wie wars in der Schule?«, fragt Mama, und Kaija sagt »Und? Wie wars in der Schule«.
Mama schaut Kaija nicht an, sie kratzt sich die Nase.
»Dann lass uns über was anderes reden«, sagt sie.
Kaija fällt nichts ein.
Mama schweigt, summt aber leise und schaut nach den Häusern auf beiden Seiten der Straße, als würde sie nach etwas suchen.
Sie schüttelt den Kopf, dann rennt sie plötzlich los. »Na komm«, ruft sie Kaija über die Schulter zu, »wer als Letztes ankommt, muss den Abwasch machen!«
Kaija sieht Mama laufen. Wir haben doch jetzt eine Spülmaschine, denkt sie.

Die Tante schaut auf den Teller. Mama reißt die Tüte vom Bäcker auf und legt Apfelkuchen, Zwetschgenkuchen, Krapfen und einen Puddingplunder auf den Teller.
Die Tante macht ein Geräusch. Wie ein Hund, wenn er nicht bellen darf. Dann steht sie auf und ächzt, schlurft zur Terrassentür, geht raus.

»Mann«, sagt Mama und guckt ihr hinterher.
Kaija nimmt sich den Zwetschgenkuchen, schiebt ihn leise auf ihren Teller und leckt dann ihre Finger ab.
»Thomas!«, ruft Mama. Sie lauscht ins Haus, bekommt aber keine Antwort.
Mama macht die Terrassentür auf. Die Tante sitzt da auf ihrem Stuhl und raucht.
»Wo ist Thomas?«, fragt Mama.
»Was weiß denn ich, wo dein Mann ist.« Die Tante hat die rechte Hand unter die linke Achsel gesteckt, raucht mit der linken.
Mama geht zum Schuppen, die Tante schaut ihr hinterher und sitzt und raucht.
»Thomas!«, ruft Mama. Dann kann Kaija sie nicht mehr sehen.
Du hast es gut, ich hatte heute 10 Stunden!, hat Remi geschrieben.
Ich hab es so gut. Ich hab Kuchen und früh Schluss gehabt, denkt Kaija. So gut. Und ihr seid sechs Stunden weit weg.
Sie schaut zum Fenster und sieht, dass die Tante sie anstarrt. Kaija greift nach ihrem Kuchen und beißt ab.

Bevor Papa fragen kann, geht Kaija in ihr Zimmer und versucht weiter ihre Kisten auszupacken. Bevor Papa fragen kann, geht Mama an ihren Schreibtisch, sagt, dass sie noch was arbeiten muss.
Kein Abendessen für Mama, die Tante raucht draußen, die Tante braucht kein Essen. Kaija hat Hunger, will aber nicht mit Papa über die Schule reden. Kein Essen für Kaija.

Remi ist die Einzige, die schreibt. Lysette hat einen Daumen unter Remis Kommentar gesetzt. Nichts von Antonia, Grischa. Janne.

Kaija hält die Luft an. Zählt, bis sie nicht mehr kann, bis die Lunge an ihr zieht, bis sie Kaija zwingt, anfleht zu atmen. Wenn sie unter Wasser wäre.

Das Licht ist aus und es ist dunkel.

Kaija steht auf und geht zum Fenster. Draußen klingt es nach Sommer. Da ist ein Baum.

Sie hört Papa laut lachen und Mama kieksen. Die Zimmertür ist leicht offen. Die Tante schlurft vorbei, den Flur entlang, Kaija hört ihre Tür auf- und zugehen. Dann Mamas Schritte auf der Treppe, wie sie nach oben hüpft, vorsichtig Kaijas Tür weiter öffnet.

»Hey«, sagt Mama.

»Hey«, sagt Kaija.

Mama steht im Türrahmen und ist ein Schattenschnitt vor dunkelgelbem Licht. »Magst du runterkommen oder bist du müde?«

»Ja«, sagt Kaija.

Mama lacht leise und wartet.

Kaija atmet laut.

»Vielleicht schlafen«, sagt sie irgendwann.

Mamas Schattenkopf nickt. Sie kommt rein, setzt sich ans Bett, zieht Kaija zu sich ran und streicht ihr über die Stirn.

»Morgen«, sagt sie.

»Morgen«, sagt Kaija leise.

Dann steht Mama auf und macht die Tür zu.

Kaija legt sich hin, dabei hat sie sich die Zähne nicht

geputzt, dabei trägt sie noch keine Schlafsachen, sie legt sich auf die Seite und kann zum Fenster raussehen, hinter dem Baum der Abendhimmel, hört, wie der Spätsommer klingt, die Vögel, die noch nicht müde sind. Riecht gemähten Rasen und heißen Asphalt.
Morgen, denkt Kaija und dann beißt sie in ihr Kissen.

2.

Papa hat Frühstück gemacht. Kaija sitzt auf der Bank am Küchentisch und hat keinen Hunger.

»Alles okay?«, fragt Papa. Sie schaut hoch. Papa guckt von ihr zu Mama. Mama grinst, als hätte sie Zahnschmerzen.

»Ich kann euch auch Pausenbrote schmieren?«, fragt er.

Die Tante steht auf der Terrasse mit einer Tasse in der Hand und geht an den Blumen entlang.

Mamas Fuß wippt unterm Tisch. »Soll ich schon mal vorgehen?«, fragt sie irgendwann.

Kaija guckt sie an.

»Na, ist doch peinlich so mit der eigenen Mutter zur Schule zu gehen!« Mama schiebt ihren Teller von sich weg. Hat wohl auch keinen Hunger.

»Das fällt dir ja früh ein«, sagt Papa. Er steht an der Arbeitsplatte, mit dem Rücken zu ihnen.

»Konnte ich doch nicht wissen«, murmelt Mama. Dann springt sie auf. »Ich glaub, ich … ich geh jetzt schon mal los. Ja.«

Papa dreht sich um und drückt ihr ein Brot in die Hand. »Essen nicht vergessen.«

Mama küsst Papa auf den Mundwinkel und geht los.

Kaija denkt an die Schule und hält die Luft an, zählt.

Papa dreht sich wieder zu ihr, als Mama zur Haustür raus ist.
»Na?«, fragt er.
Neunzehn. Zwanzig. Einundzwanzig.
»Atmen, Kaija«, sagt Papa. Als sie ausatmet, legt er eine Tupperdose auf den Tisch. »Brot und Apfel. Und ein bisschen Schoki.« Papa zwinkert ihr zu. Dann schaut er zur Tante raus.
»Das wird schon«, sagt er leise.
Kaija versucht ein Nicken, aber das sieht er gar nicht.

Kaija läuft so langsam, dass sie fast rückwärts läuft.
Der Schulweg ist der Nachhauseweg, denkt sie wieder. Was dem Ding seinen Namen gibt, ist die Richtung. Das Ziel. Sie lacht kurz. Von wegen: Der Weg ist das Ziel.
Das Ziel, denkt Kaija und bleibt stehen, weil sie nachdenken muss. Das Ziel macht also doch den Weg.
Sie fragt sich, ob das stimmt. Links von ihr sitzt eine Katze im Fenster.
Schwarz-weiß. Judgy, denkt Kaija.
Sie geht weiter. Fragt sich, wie berühmt man sein muss, bis das, was man sagt, zu Zitaten wird. Bis man zitiert wird.
Oder wer das aufschreiben muss. Wer entscheidet, was ein Zitat ausmacht.
Sie seufzt. Du bist so weird, sagt Janne in ihrem Kopf.
Kaija denkt an Jannes Gesicht, wie sie schaut, wenn sie so was sagt. Der eine Mundwinkel. Kaija schüttelt den Kopf, steht an der Straßenecke und sieht die Schule. Es klingelt zum ersten Mal. Sie sieht Bewegung vor dem

Schultor, seufzt und geht im Schneckentempo weiter. Durchs Tor, über den Schulhof, ins Schulgebäude. Geht noch einmal aufs Klo und erst dann zum Klassenzimmer.
Kaija hat eine Doppelstunde Mathe.
Mathe bei Mikesch, denkt sie.
Sie schreibt mit, rechnet nach, folgt und muss nichts machen. Keiner dreht sich zu ihr um. Kümmert keinen, dass sie da ist.
Als es zur ersten Pause klingelt, gehen alle raus und Herr Mikesch (wie der Kater) steht in der Tür und schaut Kaija an. »Los! Raus!«, sagt er.
Die hat schon ihr Brot im Mund, beißt jetzt ab und steht auf.
»Mach, ich muss absperren!«
Kaija nimmt schnell ihr Brot und das Handy, huscht an ihm vorbei, in den Gang, aber als sie da stehen bleibt, bellt er wieder: »Raus, hab ich gesagt. Drinnen nur bei Regen!«
Sie geht die Treppe runter und dann wieder auf den Schulhof. Draußen scheint wieder und immer noch die Sonne, als wäre es Juni und nicht September. Kaija steht da und sieht alle anderen. Wie die beieinanderstehen, reden. Lachen. Zusammen über den Schulhof laufen.
Sie dreht sich zum Schwarzen Brett und ihr Blick verschwimmt. Sie schluckt. Nicht weinen, denkt sie. Sie hält den Blick gesenkt und läuft an einer Zillion Leute vorbei, bis sie da sitzt, wo sie gestern gesessen hat.
In einer Hand das Handy, in der anderen ihr Brot. Sie beißt vom Brot ab und schaut in den Gruppenchat, aber

niemand hat geschrieben. Komisch. Kaija scrollt hoch, die letzte Nachricht ist von Remi und das war gestern. Lysette postet sonst nachts Reels und Memes. Jede Nacht.

Heute: Nichts.

Kein Bild von Grischas Katze.

Stille. Kaija öffnet einen anderen Chat, schreibt:

Hey Remi, ist alles okay bei euch? Ist was passiert?

Remi ist online und tippt: *Wieso?*

Der Chat ist so still.

Remi tippt.

Immer wieder erscheinen drei Punkte, dann nichts, dann wieder drei Punkte.

Die ganze Pause sitzt Kaija da und wartet, und immer wieder sieht sie die drei Punkte, aber dann ist Remi plötzlich offline. Es klingelt. Kaija steht auf, geht wieder hoch in den ersten Stock, steht da und wird angestarrt, von ein paar ganz offen, ein paar gucken sie von der Seite an. Remi ist offline, wieder kommt ein Lehrer oder eine Lehrerin, wieder gehen alle ins Klassenzimmer, setzen sich, schieben ihre Stühle zurecht, reden, bis der Lehrer oder die Lehrerin lauter redet, und Kaija bekommt nichts mit, weil was stinkt, weil was schief ist, weil Remi sonst immer antwortet. Immer die Erste ist, die reagiert, wenn jemand was postet, immer. Das Handy liegt vor Kaija auf dem Tisch und sie starrt es an, aber das Display bleibt schwarz und leer. Und die Lehrkraft sagt was über das Jahr, über Hefter und Klassenarbeiten oder Referate, Kaijas Hand schreibt automatisch mit, sie hat Naturwissenschaften oder Geschichte oder Deutsch, sie weiß

es nicht, sie atmet und manchmal hält sie den Atem an. Hört alles wie durch Watte.
Keine Antwort.
Jemand steht vor Kaija.
»Handy in die Tasche«, sagt die Frau vor ihr.
Kaija hebt den Blick und sieht die Frau vor sich mit der schwarzen Brille und den kurzen schwarzen Haaren. »Na los«, sagt die.
Sie tippt mit einem Zeigefinger auf Kaijas Handy.
»Warum?«, fragt Kaija.
»Weil jetzt Unterricht ist.«
»Ja und?«
Wie still es plötzlich ist.
»Entweder du packst es jetzt weg, oder ich nehme es an mich, bis der Unterricht vorbei ist.«
»Warum?«, fragt Kaija wieder. Weil sie es nicht versteht, weil ihr niemand die Regeln erklärt hat, dass man in der Pause nicht im Klassenzimmer sein darf, und im Schulgebäude auch nur, wenn es regnet, und jetzt mit dem Handy, das ist wohl auch eine Regel.
Die Frau antwortet nicht. Jemand weiter vorne lacht, aber die Frau schaut nicht hin, sie schaut Kaija in die Augen, vielleicht wartet sie, aber Kaija wartet ja auch, darauf, dass ihr jemand erklärt, warum das Handy nicht auf dem Tisch liegen darf.
»Gut«, sagt die Lehrerin plötzlich, dann nimmt sie Kaijas Handy und marschiert damit nach vorne, legt das Handy auf ihren Tisch und bleibt daneben stehen. Sie redet weiter und starrt Kaija an, bis jemand sich meldet und was fragt.

Kaija sitzt kerzengerade da und schaut nach vorne, bis es klingelt.
Die Lehrerin packt ihre Sachen in ihre Tasche, schiebt sich die Tasche unter die Achsel und geht aus der Klasse.
Kaijas Handy liegt immer noch vorne.
Langsam geht sie zum Lehrerpult. Wieder lacht irgendwer, und der, der in der ersten Reihe vor dem Lehrerpult sitzt, blökt »Ey, Neue!«.
Kaija nimmt ihr Handy.
»HALLO, ICH REDE MIT DIR, NEUE!«, sagt der in der ersten Reihe.
Der weiß doch, wie ich heiße, denkt Kaija.
Er dreht sich zu seinem Nachbarn und grunzlacht und kippelt auf seinem Stuhl nach hinten. »Bitch«, sagt er zu dem neben ihm und lacht.
Kaija guckt zu ihm runter. Dann schiebt sie einen Fuß unter das eine Stuhlbein und hebt es hoch. Der Typ schlingert, fällt um, aber das sieht sie schon nicht mehr.
Sie geht raus, dabei kommt ihr wieder ein Lehrer entgegen, schaut sie nur an, aber das ist egal, weil sie eine neue Nachricht hat. Sie geht die Treppe runter, aus dem Schulhaus raus, über den Schulhof, bis sie wieder da auf der Mauer sitzt.
Remi hat geschrieben. Kaija entsperrt das Handy, macht den Chat auf.
Janne hat einen neuen Gruppenchat aufgemacht.
Ohne dich.
Sorry.
Sorry?
Remi ist offline.

Kaijas Mund ist leer und trocken, ihr Atem geht so schnell und trotzdem bekommt sie keine Luft. Es klingelt zur nächsten Stunde, aber sie kann nicht atmen, wie sie sollte, und hat Durst und muss aufs Klo und hat keine Freunde.

Ich habe keine Freunde, denkt Kaija, ich dachte, ich hätte Freunde, aber die hassen mich, ich hab keine Freunde, ich bin allein. Allein.

Ich muss aufs Klo, denkt Kaija und geht los bis zum nächsten Klo, das leer ist, und während sie auf dem Klo sitzt, während sie sich die Hände wäscht und in den Spiegel schaut, rattert ihr Kopf die ganze Zeit dieselben Sätze runter, wie ein garstiges Lied. Dann geht sie raus und steht wieder auf dem Schulhof. Da nur noch Brotpapier, ein paar Spatzen und ein bisschen Wind.

Sie könnte und sollte zurück in die Klasse gehen.

Es hat schon lange geklingelt.

Ich war noch nie neu, denkt Kaija.

Ich war noch nie allein.

Sie will hier sitzen und wieder Pause haben und nachdenken, bis das Nachdenken aufhört oder wenigstens leiser wird, bis sie andere Sätze denken kann.

Kaija steht auf und geht los.

Hinter den Fahrradständern ist ein kleineres Schultor. Ein Schultörchen, das nur angelehnt ist, und als sie es aufdrückt, quietscht es ganz leise. Sie geht raus, und niemand folgt ihr. Niemand kann sie sehen, weil um das Schulgelände herum hohe Büsche wachsen, dichte Büsche, höher als Kaija.

Hinter der Schule geht der Weg weiter, über eine kleine Straße, dann wird der Weg Trampelpfad, der durch ein Wäldchen führt.
Der Weg ist leicht abschüssig, als würde er Kaija zeigen, wo sie lang muss. Hier lang, immer geradeaus, bis da hinten, schau.
Kaija hört Vögel und den Wind wieder, der jetzt mit den Bäumen spricht, und die Bäume antworten.
Meine ganzen Sachen sind noch in der Klasse, denkt sie. Meine Tasche. Mein Geld.
Nur das Handy hat sie dabei.
Dann sieht sie den Fluss.
Das Flussufer ist sandig, als sei es ein Strand. Eine kleine Bucht.
Der Fluss ist einfach nur da und fließt von rechts nach links, irgendwo links ist das Meer und irgendwo rechts eine Quelle.
Ein Containerschiff. Da hinten eine Fähre. Kaija zieht die Finger in ihre Pulliärmel.
Sie wird ruhig. Als würde der Fluss einmal durch sie durchrauschen. Irgendwann nimmt sie ihr Handy, öffnet den Gruppenchat.
Sie will mit Türen knallen. In einem leeren Raum.
Was dann Lysette sagen wird. Und Grischa. Und vor allem Janne.
Kaija schüttelt den Kopf. Die wird eh nichts sagen.
Zu ihr jedenfalls nicht. Zu den anderen schon.
Kaija macht den Chat zu. Legt das Handy in den Sand.
Sie wirft einen Stein ins Wasser, was den Fluss nicht stört.

Die sind so weit weg.
Kaija ist so weit weg.
Und allein ist sie eh schon.
Alleiner kann man ja gar nicht sein, denkt sie.
Niemand da, der sich neben sie stellt, niemand schaut ihr über die Schulter, als sie den Chat wieder aufmacht.
Gruppe, Einstellungen.
Luft holen. Atmen.
Kaija hat die Gruppe verlassen.
Sie atmet weiter. Die Welt dreht sich weiter. Keine Erde rutscht, kein Loch öffnet sich, kein Himmel fällt, kein Blitz oder Donner.
Kaija löscht den Chat.
Nichts passiert.
Die anderen sitzen eine halbe Galaxie weiter im Norden und bestimmt im Unterricht.
Und wenn was kommt?
Was kommt denn?
Was ist denn das Schlimmste, was passieren kann?
Ihr fällt alles ein und nichts.
Ein kleines Schiff fährt laut vorbei. Dann ist es weg, und es ist wieder leise.
Kaija legt sich auf den Rücken. Der Sand ist nicht warm, dabei scheint die Sonne, es ist doch nicht mehr Sommer.
Über ihr die Pappeln.

Kaija muss zurück. Sie schaut, wie spät es ist, die wievielte Stunde jetzt ist.
Ob wohl schon jemand Mama Bescheid gesagt hat?
Atmen.

Sie steht auf und geht zurück zur Schule. Als sie durch das Törchen kommt, stehen ein paar an den Rädern, schließen sie auf.
Kaija schaut auf ihre Füße, als sie die Treppe wieder hoch zum Klassenzimmer geht. Die Tür steht auf, aber alle Tische sind leer. Als sie reingeht, blickt der Rehberge hoch. Sitzt da.
»Hallo«, sagt er.
Kaija nickt. Und steht da, bis sie irgendwann zu ihrem Tisch guckt, wo ihre Sachen noch so liegen, wie sie sie vor ein paar Stunden zurückgelassen hat.
Der Rehberge lehnt sich auf seinem Stuhl zurück, streckt ein Bein lang und beobachtet, wie sie zu ihrem Platz geht und langsam ihre Sachen in den Rucksack packt. Den Reißverschluss zuzieht, laut. Kaija räuspert sich leise.
Dann schmeißt sie sich den Rucksack über eine Schulter und geht zögerlich zur Tür, vorbei am Rehberge, der sie die ganze Zeit mit den Augen verfolgt.
Als sie schon an der Tür ist, sagt der Rehberge ihren Namen. Kaija dreht sich um.
»Bis morgen«, sagt der Rehberge.
»Okay«, sagt sie leise. Dann geht sie los.

Und was macht einen Weg zu einem Umweg?
Das klingt viel zu sehr nach Unweg, denkt Kaija. Drumherumweg.
Sie seufzt und geht Schlaufen. Taking the long way home, denkt sie. Was nicht heißt, dass sie nicht nach Hause geht. Nur nicht auf direktem Weg.

Zu Hause werden Papa und die Tante sein.
Mama hat später noch Konferenz, hat sie gesagt und geseufzt.
Kaija seufzt beim Gedanken an Mamas Seufzen auch noch einmal, als wäre es ansteckend, wie Gähnen. Sie hat ihren Pulli in den Rucksack gesteckt, weil es warm ist. Viel zu warm für Schulanfang. Sie schaut, wie das Wetter zu Hause ist. Kaija denkt zu Hause und meint den Elsenweg am anderen Ende von Deutschland. Das Handy zeigt ihr eine dunkelgraue Wolke, aus der es regnet und regnet. Dazu zehn Grad kälter.
Sie sieht von ihrem Handy auf und steht vor einem Kiosk.
Dann kauft sie sich ein Eis. Läuft weiter.
Wenn Mama in der Konferenz ist, wird sie ganz sicher erfahren, dass Kaija heute den halben Tag nicht in der Schule war. Geschwänzt hat.
Kaija schüttelt sich kurz, aber vielleicht liegt das am Eis. Sie hat noch nie geschwänzt.
Sie sieht eine Kirche, davor eine Bank, also setzt sie sich und isst ihr Eis und denkt nach.
Ich bin nicht im Unterricht gewesen. Ich habe mich meiner Schulpflicht entzogen. Bin einfach gegangen, denkt Kaija.
Das wird Mama dann hören. Nicht: Kaija hat keine Freunde mehr. Mit Kaija wurde Schluss gemacht. Sie schüttelt den Kopf.
Ich habe ein Zeichen gesetzt, denkt sie. Quatsch. Wogegen, oder wofür denn?
Gegen die. Egal.

Sie schaukelt mit den Beinen.
Außerdem: Kaija ist so ein gutes Kind.
Oder Kaija war mal so ein gutes Kind. Und jetzt? Jetzt schwänzt sie.
Die Kirchenglocken läuten. Sie schaut nach oben.
Die Uhr geht drei Minuten nach, denkt sie.
Und wennschon. Sie seufzt und steht auf. Guckt sich nach einem Mülleimer für den Eisstiel um. Nichts.
Die Eingangstür der Kirche geht auf.
Kaija erschrickt, lacht dann und rennt los.
Keiner rennt ihr hinterher. An der nächsten Straßenecke macht sie halt und ist außer Atem.
Da geht es nach Hause.
Hier gibt es doch eh nichts zu sehen, denkt sie und schubst einen Stein mit dem Fuß aus dem Weg.
Dann geht sie heim.

Die Haustür ist schwer, Glas und Metall und dieser komische klobige Griff aus den Siebzigern. Kaija zieht die Tür zu sich ran, dreht den Schlüssel im Schloss.
Klack. »Sesam, öffne dich«, sagt sie leise.
Sie steht im Flur und lässt ihren Rucksack einfach fallen, schiebt ihn mit einem Fuß an die Wand. Ruft »Hallo?«, aber niemand antwortet. Alles still, keiner redet, keine Musik.
Niemand in der Küche. Kaija geht raus auf die Terrasse, guckt über die Sträucher, Jasmin, Flieder. Riecht Rauch.
Im Garten sitzt die Tante auf einer Liege, die da bis jetzt noch nicht stand.

Bestimmt hört sie Kaija, wie sie durch das hohe Gras raschelt. Liegt und raucht. Ignoriert Kaija.
»Hallo!«, sagt die ein bisschen lauter als sonst.
Die Tante grunzt.
»Wo ist Papa?«, fragt Kaija.
Die Tante zieht an ihrer Zigarette, inhaliert, macht die Lippen spitz, als sie den Rauch auspustet. Keine Antwort.
Kaija wird wütend. »Wo Papa ist, hab ich gefragt!«
»Ja, hab ich gehört«, sagt die Tante normal laut.
Guckt sie immer noch nicht an. Schaut einfach nur zur südlichen Ecke vom Garten, wo hinter dem Zaun die Felder anfangen, irgendwann der Wald.
Kaija will gegen die Liege treten.
»Rauchen ist übrigens Scheiße«, sagt sie.
»Weißte, was richtig Scheiße ist?«, fragt die Tante und dreht sich dann doch um. »Alt sein.«
Kaija schnauft laut, dreht sich um und reißt im Vorbeigehen ein paar Blätter vom Haselnussstrauch.
»Kann der Busch nix dafür«, sagt die Tante leise.
Kaija kann Papa jetzt sehen, wie er in der Werkstatt sitzt, knetet. Er hebt die Hand und lächelt sie an. Kaija winkt leicht und überlegt, ob sie zu Papa reingeht.
Papa wird fragen, wie ihr Tag war. Wird nachhaken.
Sie wird lügen.
Kaija lügt doch nicht. Ist doch ein gutes Kind.
Die Werkstatt war mal ein Stall, hat Mama gesagt.
Mehr nicht. Nicht, welche Tiere es hier hatte oder warum. Vielleicht ein Schwein. Hühner. Hasen. Ob ihre Eltern die Tiere geschlachtet haben. Ob sie selbst damals noch Fleisch gegessen hat.

Kaija macht die Holztür zur Werkstatt auf, steckt kurz ihren Kopf in den Raum.
Papa dreht sich um. Sie sieht, dass er von seinem Platz da am Fenster die Tante sehen kann.
Papa lächelt, sagt: »Hiya, Kaija!«
»I am good, thank you very much, how are you?«, ganz automatisch sagt sie das.
»Excellent«, sagt Papa und zieht mit einer Hand einen zweiten Hocker unter der Werkbank hervor.
Kaija schüttelt den Kopf.
»Ich muss noch mein Zimmer einräumen. Kisten und so«, sagt sie.
Papa nickt. Kaija sagt nichts mehr, nickt auch und geht wieder ins Haus.
Im Flur angelt sie mit einem Fuß nach dem Rucksack, bis sie den Rucksack in die Hand nehmen kann. Geht die knarzenden Holzstufen nach oben, wo jetzt ihr Zimmer liegt. Wo jetzt die Kisten leer an der einen Wand stehen. Wo zwar alles aus-, aber noch nichts wieder eingeräumt ist. Wo nur ein Bett und ein Schreibtisch stehen.
Zu Hause, vorher, hatte sie Einbauregale und einen Einbauschrank, das ist alles dort geblieben.
Die neuen Wände sind leer, Kaijas Poster sind noch zusammengerollt und stehen an eine Wand gelehnt in einer Ecke, davor die gerahmten Bilder. Die Decke ist weiß, die Wände gelb, aber ein müdes, altes Gelb.
Das Licht ist jetzt weich. Kaijas neues Zimmer hat drei Fenster und weite Fensterbretter, auf denen man sitzen kann. Vor zwei Fenstern steht ein großer Baum, der schon da stand, als Mama auf die Welt gekommen ist.

Das war mal Mamas Zimmer. Ihre Fenster.
Kaija räumt ihren Rucksack aus, stellt die Bücher auf das Fensterbrett hinter dem Schreibtisch.
Sie nimmt die platten Kisten, klemmt sie zwischen Oberkörper und Arme, und trotzdem rutscht was. Sie balanciert alles in den Flur, dann ganz langsam Stufe für Stufe runter, aber auf der Hälfte der Treppe rutscht erst eine, dann alle Kisten, aus den Armen und die Stufen runter.
Kaija setzt sich auf die Treppenstufe und schnauft.
Schubst die oberste Kiste mit dem Fuß an, bis auch die unten landet.
Stampft einmal laut auf. Dann schaut sie sich um, ob sie jemand gehört hat.
Sie steht wieder auf, geht die restlichen Stufen runter und bringt dann die Kartons in den Keller.
Kaija ist zum ersten Mal im Keller. Das Licht geht an und leuchtet alles aus. Kaija atmet auf. Sie lehnt die Kisten an eine Wand, da bleiben sie auch irgendwann stehen. Sie schaut sich um. Einfach nur ein Keller, der nach Staub riecht und nach alten Kisten. Nach Zeit.
In einer Tür steckt ein Schlüssel, sie drückt die Klinke herunter. Offen. Kaija denkt an alte Kinderbücher. Abenteuer. Gold und Geister. Sie macht das Licht im nächsten Raum an. Sieht alte Skier, eine Luftmatratze, ein Dreirad. Eingewecktes Obst, das so blass ist, dass sie nicht weiß, was das ist.
Der nächste Raum ist so zugestellt, dass Kaija erst mal wieder drei Schritte rückwärts tut.
Möbel. Bei den meisten verzieht sie die Nase. Aber dann

findet sie eine Kommode hinten an einer Wand stehen, grün und weiß gestrichen.
Sie zieht die Schubladen raus, wackelt hier und da.
Hält.
Sie rennt in den Garten zur Werkstatt. »Kannst du mir tragen helfen?«, fragt sie Papa.
Er folgt ihr in den Keller.
Die Kommode ist schwer, aber ohne Schubladen geht es und jetzt hat Kaija ein neues Möbelstück.
Als sie im Zimmer steht, fühlt sie sich dreckig und verschwitzt. Aber immerhin. Papa nickt und geht zurück in den Garten.
Kaija holt einen Eimer mit warmem Spüliwasser, Lappen, und dann macht sie die Kommode sauber. Es müffelt. Nach alt. Nach vergessen. Nach Keller.
Sie sitzt auf dem Boden vor der Kommode, dann hüpft sie die Treppe runter, raus auf die Terrasse, und schneidet so viel Lavendel ab, wie es geht. Den Lavendel gibt sie in einzelne Socken, die ihre Partner verloren haben. Sie räumt ihre Kommode ein, dann stellt sie zwei Bilder auf die Kommode und auf einmal ist das Zimmer neu.
Sitzt auf dem Bett zur Kommode hin und merkt plötzlich, dass sie lächelt. Kaija macht ein Foto davon, von der Kommode, den Bildern vor der gelben Wand, dem Licht. Sie drückt auf das Teilen-Symbol, und das Handy fragt, wo oder wem sie das schicken will, und dann fällt ihr wieder ein, dass da niemand ist.
Kaija hält die Luft an, solange es geht, und zählt, bis ihre Lunge sie anschreit und ihr Körper alle Alarmglocken

anmacht, bis ihr Körper sie überwältigt, weil er atmen will. Warum auch immer.

Kaija deckt den Tisch und Papa geht in den Garten, um die Tante zu holen.
Als Kaija fertig ist, geht sie raus auf die Terrasse und blinzelt ins Abendlicht. Eine späte Biene brummt noch durch die Sträucher. Der Lavendel ist schon trocken. Sie bricht eine Blüte ab und zerreibt sie zwischen den Fingern, riecht dran. Macht kurz die Augen zu.
»Ich hab ja gar keinen Hunger«, hört sie die Tante sagen.
»Jetzt wart doch mal ab. Setz dich erst mal dazu. Vielleicht kommt dann der Hunger.« Kaija macht die Augen auf. Sieht Papa lächeln. Er hat die Tante am Ellbogen genommen, als sie die Stufen zur Terrasse hochsteigt. Die Tante antwortet nicht, geht in die Küche, setzt sich da hin, wo sie die letzten Tage schon gesessen hat, und schaut zum Fenster raus. Kaija geht hinter Papa in die Küche.
»Durst?«, fragt Papa.
Die Tante brummt erst, aber dann sagt sie leise »Ein Bier wär schön«.
Papas Lächeln wird ein Grinsen, er geht an den Kühlschrank und holt ein Bier raus, öffnet es und stellt es vor die Tante, dann geht er an die Anrichte und will ein Glas rausholen, aber die Tante hat schon das Bier an den Lippen und trinkt. Als sie die Flasche absetzt, zischt es und sie macht: »Aaah.«
Papa setzt sich an den Tisch und schiebt seinen Stuhl

näher ran, gibt Kaija und sich selbst Essen auf den Teller, dann nimmt er den Teller von der Tante und schaut sie fragend an. »Ein klitzekleines bisschen?«
Die Tante macht »Mff«, Papa deutet das als Ja.
Die Haustür geht auf und Kaija hört Mama.
Mama.
Die vielleicht weiß, dass Kaija heute den halben Tag nicht in der Schule war. Dass sie einfach gegangen ist.
Kaija sitzt da, Gabel zwischen Teller und Mund, hat den Mund weit offen stehen, dann lässt sie die Gabel wieder zum Teller sinken und schaut zur Küchentür, wo Mama steht. So müde. Mama schaut und lässt ihre Tasche fallen, sagt Hallo und geht an die Spüle, hängt sich über das Becken und trinkt direkt aus dem Wasserhahn. Dabei schlüpft sie aus ihren Schuhen, den Socken, bis sie barfuß dasteht.
Mama macht den Wasserhahn zu, dreht sich um und wischt sich über den Mund.
Rülpst halb. »Sorry«, sagt Mama.
Kaija merkt, dass die Tante sie anstarrt.
»Oh, Bier!«, sagt Mama, geht an den Kühlschrank und setzt sich dann mit der Bierflasche an den Tisch neben die Tante.
Mama stößt ihre Flasche gegen die von der Tante, »Prost«, dann trinkt sie.
Papa guckt Mama zu und hat die Augenbrauen hochgezogen und den Mund halb offen.
»So«, sagt Mama, als sie die Flasche absetzt. Dann nimmt sie sich zu essen und isst und starrt manchmal aus dem Fenster, und dann trinkt sie wieder und isst weiter.

Papa isst langsam und beobachtet dabei Mama. Die doch sonst immer redet. Egal wie müde sie ist. Aber Mama isst, als hätte sie es eilig, und als ihr Teller fast leer ist, steht sie mit der Gabel im Mund auf, stellt den Teller an die Spüle, schmeißt die Gabel obendrauf und geht aus der Küche.
»Ruth?«, fragt Papa.
Mama hebt die Hand, sagt »Muss noch an den Schreibtisch« und verschwindet.
Kaija denkt, dass Mama also nicht weiß, dass sie heute abgehauen ist. Immerhin.
Die Tante hat noch die Hälfte von ihrem Essen auf dem Teller, aber ihr Besteck liegt schon ordentlich obenauf. Sie trinkt in kleinen Schlucken von ihrem Bier und schaut wieder nach draußen, in den Garten, zu den Feldern, oder vielleicht sogar in den Wald hinein.

Nach dem Essen räumt Kaija den Tisch ab, Geschirr in die Spülmaschine, wischt den Tisch ab und sagt dann, dass sie Hausaufgaben aufhat, damit Papa ja nicht fragt. Dann sitzt sie in ihrem Zimmer und weiß gar nicht, ob sie Hausaufgaben hat, und auch nicht, wen sie danach fragen könnte.
Irgendwann wird es dunkler. Irgendwann wird es dunkel.
Nur die Straßenlaternen machen Licht, und im Baum und in den Sträuchern draußen lärmen Insekten, als hätte der Sommer erst angefangen.
Erst als Mama an den Türrahmen klopft, fällt Kaija auf, dass sie einfach nur an die Decke gestarrt hat. Ewig.

»Hey!«, sagt Mama.
Sie kommt ans Bett, setzt sich neben Kaija, sagt, dass sie mal rutschen soll. Dann legt sie sich neben sie.
»Du hast die Kommode gefunden«, sagt Mama.
Kaija nickt.
»Alles okay?«, fragt Mama.
»Mmh«, macht Kaija. »Und du?«
»Mmh.«
Dann liegen sie da eine Weile, draußen ist es laut und drinnen sind sie still.
Eine Weile und noch eine.
Bis Mama sich aufsetzt, zu Kaija runterschaut. Dann sagt sie »Morgen«. Und Kaija sagt »Morgen«.
Mama küsst Kaija auf die Stirn. Dann steht sie auf und geht aus dem Zimmer.

3. Das Aufwachen ist ein Erschrecken. Ein Hochfallen. Kaija ist wach und sitzt aufrecht im Bett, Augen offen und Herz klopft, schnell, laut.
Sie schaut auf ihr Handy, und in dem Moment geht der Alarm los.
Kaija stellt ihn aus.
Draußen ist es wieder hell und die Vögel piepen.
Kaija steht auf und geht ins Bad, macht sich fertig, geht dann zurück in ihr Zimmer. Steht in Unterwäsche vor der Kommode, zieht eine Schublade auf und sieht den Rock.
Sie zieht den Rock aus der Schublade. Ein Jeansrock, nicht blau, sondern orange, grüne und kobaltblaue Muster auf weißem Untergrund.
Aber den kann ich doch nicht anziehen, denkt sie.
Das kannst du nicht tragen. Mit deinen Beinen. Seit wann trägst du denn Röcke? Bisschen viel Muster, oder?
Mama kommt vorbei, sieht Kaija an, wie sie da steht mit dem Rock am ausgestreckten Arm.
»Den hast du nie an. Warum eigentlich nicht?«
Kaija will mit den Schultern zucken.
Will sagen, einmal hat sie den Rock getragen. Nur einmal.

»Passt nicht«, murmelt sie.
»Schade«, sagt Mama und geht runter.
Kaija greift nach einer Jeans, nach einem T-Shirt, zieht beides an. Socken.
Sie macht sich die Haare zusammen, packt ihren Rucksack und geht dann runter in die Küche.
Mama schaut Kaija von oben bis unten an und sagt nichts. Sie hat ihre Tasche schon umgehängt und löffelt ihr Müsli im Stehen zwischen Tisch und Spüle.
Kaija nimmt sich einen Apfel.
»Darf ich eigentlich Hallo zu dir sagen, wenn ich dich in der Schule sehe?«, fragt Mama und lässt Wasser über die Müslischale laufen, bevor sie sie in die Spülmaschine räumt.
Kaija zuckt mit den Schultern. »Weiß nicht. Ja.«
Mama grinst und nickt. »Okay. Ich bin dann weg.« Mama küsst Papa auf den Mund, und Papa zieht Mama noch mal extra näher an sich ran.
Kaija guckt weg.
Mama seufzt und geht.
Papa sieht Mama lächelnd hinterher, dann schüttet er sich Kaffee in eine Thermostasse, sagt, dass er und die Tante auch losmüssen. »Tante Auguri!«, ruft er nach draußen, wo sie sitzt, wo sie guckt und nicht raucht.
Die Tante steht auf, kommt nach drinnen geschlurft, wo Papa sie am Ellbogen nimmt, obwohl sie ihn anknurrt, dass er das lassen soll.
Er sagt Kaija, dass sie abschließen soll, dann gehen sie.
Kaija hört die Haustür, dann das Auto.
Ich könnte hierbleiben, denkt sie. Die Eltern fragen, ob

Homeschooling auch okay ist. Ob man das in Deutschland darf. Sie könnte hierbleiben, das recherchieren und dann heute Abend alles als PowerPoint-Präsentation vortragen. Die Eltern überrumpeln.
Das machen die nicht mit, denkt sie.
Und wenn sie noch mal schwänzt … Kaija denkt an den Rehberge.
Dann steht sie auf, schmeißt den Rest vom Apfel in den Müll, zieht sich die Schuhe an und geht in die Schule.

Wie man unsichtbar wird.
Man kann lesen. Man kann Kopfhörer tragen. Man kann nicht auffallen. Sich nicht melden, nicht mitlachen, sich nicht dazustellen. Man kann in den Pausen in die Schulbücherei gehen, sich da zwischen die hinteren Regale setzen. Im Unterricht weiter hinten sitzen bleiben, aus dem Fenster schauen, wenn kein Unterricht ist, aufs Klo gehen, bis es wieder klingelt.
Sich ducken.
Jemand steht vor Kaija, klopft auf den Tisch.
Kaija nimmt die Kopfhörer aus den Ohren. Schaut hoch. Vor ihr steht eine mit Sommersprossen und schwarzen Haaren und schaut sie fragend an.
»Was?«, fragt Kaija.
»Wenn du mir deine Nummer gibst, kann ich dich in unseren Klassenchat einladen.«
Kaija starrt die vor sich an. Gruppenchat, denkt sie. Sie hört den Typen aus der ersten Reihe. Affe. Merkt die Blicke. Vielleicht Augenrollen.
»Ich hab kein Handy«, sagt sie.

»Haha«, macht die andere. Sie deutet auf Kaijas Handy, das die in der Hand hat. »Und das ist ein Radio, oder was?«
»Ja«, sagt Kaija. Dann steckt sie die Kopfhörer wieder rein.
Atmet. Hört trotz der Kopfhörer (weil eh keine Musik läuft), wie die andere schimpft, sich umdreht, davonstampft.
Kaija kaut auf ihrer Unterlippe herum. Die Hände zittern, sie legt sie unter dem Tisch auf ihre Oberschenkel.
Man kann, denkt sie, einfach … nicht dabei sein. Kein Teil von. Vielleicht.
Ist das ein Plan?, fragt sie sich.

Kaija bringt den Tag rum. Sie geht nach Hause, wo niemand ist, sie legt sich auf ihr Bett und liest ein Weilchen, dann macht sie Hausaufgaben. Dann liest sie wieder.
Bis sie die Haustür hört, dann Papa, der nach ihr ruft, der ins Haus ruft, wer da ist.
Ich, denkt Kaija. Ich. Papa kommt nach oben, hinter ihm die Tante, die Kaija nur mit einem Blick streift, die in ihr Zimmer geht, laut die Tür hinter sich zuzieht, knallt.
Papa steht im Türrahmen von Kaijas Tür, hat die Arme verschränkt, lehnt sich an.
»How's tricks, how's things?«, fragt er.
Kaija zuckt mit den Schultern.
Aber Schulterzucken reicht Papa nicht.
»Na?«, fragt er. Dann setzt er sich zu ihr, legt ihr eine Hand auf eine Schulter. Schaut sie an.

»Was ist los?«
»Alles gut«, sagt Kaija.
Aber er wartet.
»Hast du schon neue Leute kennengelernt?«
Wieder Schulterzucken.
Papas Augen werden groß, dazu die Augenbrauen, Papas Gesicht kann Emoji.
Er wartet, dass Kaija mehr sagt.
Was soll ich denn sagen?, denkt sie, guckt raus in den Flur, fragt, was mit der Tante los ist, aber Papa lässt sich nicht ablenken. Er fragt nach Janne und den anderen.
»Gibts was Neues von denen?«, fragt er.
»Mir ist nur ein bisschen langweilig«, sagt Kaija und schaut auf ihre Fingernägel.
Papa kennt Langeweile nicht. Er hebt den Kopf, lehnt sich nach hinten an die Wand hinterm Bett, verschränkt die Arme im Nacken.
Sagt, dass Kaija ein neues Hobby braucht.
»Worauf hast du denn Lust? Was willst du denn lernen?«
Eine Programmiersprache, denkt sie. Fanfiction schreiben. Blumen sammeln und pressen. Mit Papa den Garten neu bepflanzen. Essen anbauen. Kaija könnte recherchieren, was man dafür alles braucht. Möbel restaurieren. Oder zeichnen üben.
Aber Kaija sieht in Papas Gesicht, dass das die falschen Hobbys sind. Rausgehen soll sie.
Neue Leute kennenlernen.
Wir melden dich im Chor an oder gibt es hier nicht einen Club für Jugendliche, du könntest Sport machen,

für jeden Menschen gibt es den richtigen Sport, und in der Gruppe, da lernst du neue Freunde kennen, und unterschätze nicht das Serotonin, was du da gratis dazubekommst. Pfadfinder. Kirchengruppen. Umweltgruppen. Politisches. Schülerzeitung. Theater. Papa zählt auf, redet, was er alles gemacht hat, als er in Kaijas Alter war (ohne Internet!). Und jedes Mal, wenn er einen Vorschlag macht, schaut er sie an, mit den Augen und den Brauen darüber, und alles sagt »Das ist doch gut! Ist das was für dich?«.
Kaija schüttelt leise den Kopf.
Nein. Ich will nicht, denkt sie.
Da schweigt Papa kurz. »Aber willst du keine Freunde?«, sagt er irgendwann.
Papas Augen.
Er stößt sich vom Bett ab, steht auf, holt den Laptop und setzt sich wieder, »Komm«, sagt er. »Los, wir schauen im Internet, welche Veranstaltungen es hier gibt.« Papa will Konzerte, Volksfeste, Kirmes. »Das wird gut«, sagt er und stupst Kaija in die Seite. Du wirst sehen, wie gut es uns hier gehen wird. Papa reibt sich den Bart und hat das Gesicht erleuchtet, er schaut ins Internet und das Internet schaut zurück und sagt ihm, was es alles gibt, was er seiner Tochter alles anbieten kann an Freizeitbeschäftigungen, damit sie nicht allein bleibt, nicht einsam ist, damit Depressionen, Soziale Angststörungen, Selbstisolation keine Chance haben, damit Kaija nicht zu Drogen greift, sich nicht ritzt oder
Oder
Oder

Papa nickt dem Internet zu, weil es so viele Möglichkeiten bietet. Weil das Internet Papa helfen wird, dass seine Tochter nicht unglücklich wird. Oder bleibt. Happy daughter, happy Dad. »Okay?«, fragt Papa und schaut sie kurz an. Kaija nickt und will aufstehen und gehen, während Papa weiter im Internet nach Lösungen für sie sucht. Aber dann macht sie den Mund auf und sagt: »Ich hab heute jemanden kennengelernt. Ein Mädchen aus meiner Klasse hat nach meiner Nummer gefragt.«

Papa schaut hoch, dann fängt er an zu grinsen.

Er boxt Kaija leicht in die Schulter, sagt »Toll!« und fragt, wie sie heißt, und hast du auch ihre Nummer, wo wohnt sie, vielleicht können wir zusammen einen Ausflug machen.

»Xandi«, sagt Kaija. »So heißt die.«

Sie hat keine Ahnung, wo der Name herkommt. Plötzlich ist der da.

»Xandi, ja?«, fragt Papa und grinst weiter. »Cooler Name!«

Kaija zieht die Mundwinkel hoch.

»Lass das Kind doch mal in Ruhe, Junge!«, ruft es aus dem Flur. Die Tante steht da.

Papa schaut verwirrt.

»Ich geht jetzt spazieren. Jemand muss mich begleiten!«, sagt die Tante.

Papa springt auf und Kaija ist erleichtert, dass sie nicht mitmuss. Während Papa schon die Stufen runterspringt, steht die Tante noch da und guckt Kaija an, als ob sie was sagen wollte. Dann geht sie. Kaija hält zehn

Sekunden die Luft an. Dann lässt sie sich wieder aufs Bett fallen.

Mama sitzt auf der Terrasse und hat einen Stapel Papiere vor sich liegen.
»Test?«, fragt Kaija.
»Lernstandsermittlung«, sagt Mama und grinst wie mit Zahnschmerzen.
»Ruth?«, sagt Papa.
»Ja?«, fragt Mama und schaut nicht hoch.
»Was hast du so gemacht, als du in Kaijas Alter warst?«
Mama antwortet nicht, sie zwirbelt mit der linken Hand eine Haarsträhne hinter dem Ohr, in der rechten Hand hat sie einen Stift, geht mit ihm einen Text durch.
»Mh?«, fragt Mama nach einer Minute.
Papa greift sachte nach Mamas linker Hand, bis sie von ihren Haaren ablässt, er küsst ihr die Fingerspitzen, und Mama guckt hoch mit einem kleinen Lächeln.
»Was?«, fragt Mama.
Papa schaut Mama nur an und streichelt ihre Hand.
Mama atmet tief ein und aus. Sie legt den Rotstift zur Seite und küsst Papa auf die Wange, dann schaut sie Kaija an. Aber sie sagt nichts. Sie lächelt, legt eine Hand auf Kaijas und der fällt auf, dass sie jetzt alle Händchen miteinander halten.
Mama lehnt sich zurück und schaut hoch zum Himmel, wo die Wolken langsam rosa werden. Kaija zieht ihre Hand zurück.
»Ich hab eine Wand angemalt«, sagt Mama irgendwann.

Sie kichert kurz auf, dann reibt sie sich übers Gesicht, guckt wieder Kaija an.
»Dies und das hab ich gemacht. Nichts hab ich gemacht. Ist eh ewig her. Anderes Jahrhundert, ach was, Jahrtausend!«, sagt sie.
Papa guckt, als ob er was sagen wollte, aber Mama steht auf, »Tut mir leid, ich muss das heute echt fertig kriegen, ich geh ins Arbeitszimmer.« Sie legt den Rotstift in das oberste Heft, schlägt es zu, schiebt den Heftstapel zurecht und nimmt ihn an sich.
Papa schaut ihr hinterher.

4. Kaija zählt die Tage bis zum Wochenende (noch zwei, noch einer). Die Stunden. Die Schulstunden.
Am Freitag dann geht sie in den Keller, schaut genauer als das letzte Mal.
Let's go thrifting!, denkt sie und hat keinen YouTube-Kanal. Sie findet Bilderrahmen, Kerzenständer, Vasen. Fotoalben.
Kaija setzt sich auf den Boden, legt die drei Fotoalben neben sich auf den Boden, greift sich dann eins und schlägt es auf. Sie kennt nur das von Mama, das die Großeltern für sie angelegt haben, das anfängt, als Mama zur Welt gekommen ist. Vorne drin die Bedeutung ihres Namens, Geburtsdatum, Geburtszeit, alles ordentlich getippt mit einer Schreibmaschine.
Schreibmaschine, denkt Kaija und guckt hoch, ob sie eine Schreibmaschine übersehen hat.
Dann wieder das Fotoalbum.
Kaija blättert Kartonseiten um. Schwarz-Weiß-Fotos, die mit Fotoecken eingeklebt wurden. Sommer 1969. Weit und breit keine Hippies, denkt sie.
Die Großeltern, die Kaija nicht kennt. Sie schaut in den Gesichtern nach, was ist da von ihr, was von Mama.
Feines, transparentes Papier mit Spinnwebmustern liegen zwischen den Fotos.

Kaija blättert durch, sieht nur fremde Menschen an fremden Orten.
Kennt nichts und niemanden. Dabei ist das ihre Familie.
Sie schlägt das Album zu und legt es zu den anderen auf den Stapel.
Steht wieder auf, geht durch den Raum, findet nichts weiter, dann greift sie sich eine leere Kiste und trägt ihre Schätze nach oben. In der Küche spült sie die Glasvasen vorsichtig ab, weicht die Kerzenständer in heißem Wasser ein, bis sich das alte Wachs lösen lässt. Die Bilderrahmen reibt sie nur leicht ab.
Kaija geht in die Werkstatt, in der Papa sitzt, knetet und dabei nach draußen schaut, wo die Tante im Liegestuhl liegt und schläft oder nicht schläft.
»Wie wars in der Schule?«, fragt er und schaut raus.
»Herausragend«, sagt Kaija. Sie greift nach Papas Hand und öffnet sie, die Masse ist quietschgrün. »Fimo?«, fragt sie.
Papa grinst und schüttelt den Kopf. »Nee, back to the roots. Knete.«
Links neben ihm liegt eine Packung, Schulknete steht drauf. Ganz neu.
Kaija pult eine violette Wurst aus der Folie, faltet sie, rollt sie, faltet, reißt sie auseinander.
»Ah, gut, sie bewegt sich noch«, sagt Papa und nickt zur Tante da draußen hin.
Kaija lächelt leise.
Papa knetet weiter, dabei ist die Masse in seiner Hand bestimmt schon weich und warm.

Kaija schaut den lila Knetknubbel an, stellt ihn auf den Tisch. Dann drückt sie mit dem Daumen ein weites Maul rein, macht aus zwei weißen Kugeln Augen, die setzt sie obendrüber, dann noch zwei schwarze Pupillen.
»Fertig«, sagt sie. »Tadaa!«
Papa schaut rüber, grinst, sagt »Genius!«.
Kaija steht auf, geht die Bilder im Regal durch, fragt Papa, ob sie welche haben kann.
»Help yourself«, sagt er und schaut gar nicht hin.
Kaija steht da und blättert in Bildern.
»Hast du schon Pläne fürs Wochenende?«, fragt Papa.
Kaija antwortet nur halb, macht ein »Mhmhm«, was Papa interpretieren soll, wie er will.
»Was ist denn mit deiner Freundin Xandi«, fragt er.
»Die hat zu tun.«
»Ja?«
Kaija nickt zu den Bildern, zieht eins raus, und schaut es genauer an.
»Das, okay?«, fragt sie Papa, der winkt ab.
Sie geht in ihr Zimmer.
Schließt die Tür.
Dann rahmt sie das Bild. Holt Hammer und Nägel, hängt das Bild auf. Den anderen Rahmen lässt Kaija leer und lehnt ihn an die Wand.
Sie setzt sich aufs Bett und schaut sich im Zimmer um.
Die Xandi, denkt Kaija, die geht dieses Wochenende auf fünf Partys. Die hat ein Sportturnier in der Kreisstadt und muss Medaillen gewinnen. Die fährt auf einen Ponyhof. Die geht in die Berge wandern. Oder ans Meer. Die fährt nach Frankreich zum Shoppen. Die Xandi,

denkt sie, die hat so ein cooles Leben. Und vor allem ist die an den Wochenenden nicht hier. Weil … weil sie am Wochenende immer bei ihrem Vater ist. Und der wohnt in der Stadt.
Ja, denkt Kaija.
Jeden Freitag setzt sich die Xandi nach der Schule in einen Zug in die Stadt. Jeden Freitag hat sie noch eine Extratasche dabei. Dabei hat sie bei ihrem Vater auch einen Kleiderschrank. Der ist voll.
Und jedes Wochenende macht Xandi aufregende Sachen.
Kaija überlegt, was das für aufregende Sachen sind, dann seufzt sie und schmeißt sich rücklings aufs Bett. Das Bett jammert kurz auf.
Kaija will gar nicht mehr über die potenzielle Xandi nachdenken. Was die so macht. Was die am Montag erzählen wird.
Sie geht in die Werkstatt, die jetzt leer ist, weil Papa Essen kocht.
Sie sucht und findet Wolle, Stricknadeln.
Geht wieder in ihr Zimmer und sucht auf YouTube ein Tutorial, wie man stricken lernt.

Irgendwann ruft Papa, dass es Essen gibt. Kaija schleicht die Treppe runter und schaut, ob Mama schon da ist. Dann geht sie in die Küche.
Papa steht am Herd, Mama ist draußen auf der Terrasse und streckt die Arme in den Himmel. Dann lässt sie den Oberkörper nach vorne fallen. Kaija geht auf die Terrasse und setzt sich auf den Gartentisch.

»Das Goldkind«, sagt Mama kopfüber.
»Das bin ich«, sagt Kaija.
Mama geht in die Hocke, hat die Hände vor der Brust zusammengelegt.
»Bin ich eine Rabenmutter, weil ich nicht gefragt habe, wie es dir geht und wie deine Woche war?«
»Bin ich ein Rabenkind, weil ich nicht gefragt hab, wie es dir geht und wie deine Woche war?«
»Quatsch.« Mama streckt das eine Bein zur Seite aus. »Ich bin ja das Elterndingens. Du musst ja nur das Kinderdingens sein. Kinderdingense müssen nur Sachen erleben. Und das Elterndingens fragt dann nach. Und hört sich alles an.«
»Aha«, sagt Kaija.
»Weil wir Elterndingense erleben ja selbst gar nichts. Und wenn doch, dann ist das viel zu langweilig. Sehr unspektakulär.« Mama hebt den Po rüber, hat jetzt das andere Bein gestreckt. Verzieht das Gesicht.
»Kannste nicht empfehlen, erwachsen sein?«, fragt Kaija und schaut nach drinnen, wo Papa den Tisch deckt.
»Ein Stern von zehn. Do not recommend. Would not buy again.« Mama steht in der weiten Grätsche da, hängt wieder kopfüber.
»Autofahren ist schon gut«, sagt Kaija.
»Ach was, stinkt, macht Dreck, ist gefährlich und blöd fürs Klima.«
Kaija nickt und schaut in den Garten, sagt: »Wählen.«
»Mpf«, macht Mama.
»Alkohol?«, fragt Kaija.
»Meh«, macht Mama.

»Okay, ich bleib einfach ein Kinderdingens.«
»Ich auch«, sagt Mama. Und setzt sich auf den Po, legt die Füße aneinander und drückt die Knie auf den Boden. Mama ist ein Schmetterling und lehnt den Oberkörper nach vorne auf die Beine.
»Essen«, sagt Papa von der Terrassentür her.
Kaija nickt. Papa schaut an ihr vorbei in den Garten, da liegt immer noch die Tante. Ruft noch einmal, lauter »ESSEN!«. Dann wartet er. Dann nickt er und geht wieder nach drinnen.
Mama steht auf und schüttelt Arme, Knie, Hände. Sie geht in den Garten zur Tante.
Ich habe alte Fotoalben gefunden, denkt Kaija. Von den Großeltern. Sagt sie nicht. Sie schaut, wie Mama zu der Tante geht, leise mit ihr redet.
Lacht.
Und plötzlich zieht es in ihr wie ein Schiff, das raus zur See will.
Sie geht nach drinnen in die Küche, schnell zum Spülbecken, und macht das Wasser an, als würde sie sich die Hände waschen, so laut muss sie ein- und ausatmen, dass es nach einem Schluchzen klingen könnte. Sie hält die Handgelenke unter das kalte Wasser und schaut nur hin, wie sie die Hände bewegt und wie sich das Wasser bewegt, bis es ihr zu kalt wird.
Sie stellt den Hahn aus und trocknet sich langsam die Hände ab.
»Kann ich helfen?«, fragt sie.
»Alles gut?«, fragt Papa.
»Nee. Klimakatastrophe, Kriege, Patriarchat, alles nicht

gut«, sagt sie und hängt das Handtuch wieder an seinen Haken.
Papa rollt mit den Augen.
Es klingelt an der Haustür. Papa schaut Kaija an, Kaija guckt Papa an und zuckt mit den Schultern.
Dann geht Papa und macht die Tür auf.
Kaija späht in den Flur.
»Was machst du da«, sagt plötzlich Mama laut neben ihr und Kaija zuckt.
Mama schaut an ihr vorbei und erstarrt.
»Ruth!«, ruft jemand.
Kaija sieht, wie Mama sich aufrichtet, wie sie die Mundwinkel hochzieht, als wären Fäden dran befestigt. Mamas Augen sind weit aufgerissen. Dann geht sie langsam in Richtung Haustür.
»Iris«, sagt Mama.
Papa ist einen Schritt beiseitegegangen und schaut zwischen der Frau vor der Tür und seiner Frau im Flur hin und her.
»Wollen Sie vielleicht reinkommen?«, fragt er, aber die Frau winkt ab.
»Ich wollte nur mal schnell Hallo und Herzlich willkommen sagen. Wir sind eben erst aus dem Urlaub zurück! Mensch, Kind, komm mal her!«, sagt die Frau und meint Mama.
Mama ist das Kind, denkt Kaija.
Sie sieht, wie Mama langsam auf die Frau zugeht und wie die Frau dann Mama an sich drückt. Mamas Arme, die an ihrer Seite hängen und nicht wissen, was sie tun sollen.

Die Frau rückt wieder ab von Mama und schaut sie sich genau an.
»Wie deine Mutter«, sagt sie.
Stimmt doch gar nicht, denkt Kaija. Mama sieht nicht aus wie die Frau aus den Fotoalben.
Die Frau wischt sich was unter den Augen weg. »Komm mal bald rüber, ja?«
»Okay«, sagt Mama leise und die Frau streicht ihr einmal über den Arm, nickt und dreht sich um.
Aber dann ruft sie noch »Ach, morgen ist Fest, kommt ihr da auch hin? Ja, oder?«.
»Natürlich!«, ruft Papa und winkt ihr hinterher. Dann schließt er die Tür. Er klatscht in die Hände. »Ein Fest! Kaija, wir gehen auf ein Fest.«
»Hurra«, sagt die Tante hinter Kaija und nimmt sich ein Bier aus dem Kühlschrank.

Kaija isst und denkt, dass sie morgen krank sein wird. Dass ihr Hals kratzen wird. Kopfweh wird sie haben. Schwindlig wird ihr sein. Alles leichte Symptome, die noch keine Krankheit ausmachen, aber vielleicht ist es doch besser daheim im Bett zu bleiben. Menschen zu meiden. Und Anstrengungen. Ja. Bett und lesen.
Kaija räuspert sich, befühlt den Hals. Verzieht das Gesicht.
»Ein Fest«, singt Papa. Dann beugt er sich über Mamas Schulter und säuselt »Do you remember, my love?«.
»I sure do«, grinst Mama. Dann ist das Grinsen wieder weg, wie ausgeschaltet.
»Ich werde da aber wahrscheinlich nicht mitkommen können. Ich hab so viel nachzuholen.«

Papa richtet sich auf und legt die Stirn in Falten.
Die Tante lacht.
Papa setzt sich und nimmt sein Besteck in die Hände.
»Ich bestimme, dass wir da morgen gesammelt als Familie hingehen. Eine Stunde.«
Mama starrt Papa an. Kann aber nichts sagen, weil sie selbst die Regel aufgestellt hat, dass jeder einmal im Monat bestimmen darf. Die Regel ist noch von damals, als Kaija sehr klein war.
Mama schnappt dreimal nach Luft und Argumenten, dann macht sie den Mund zu und schmiert sich energisch ein Brot.
Papa dreht sich zur Tante: »Das schließt dich übrigens ein.«
Die Tante grummelt.
Kaija denkt, dass sie das Krankheitsspiel auf morgen verschieben wird. Ja. Nach dem Aufstehen.

5. Als Kaija aufsteht, als sie nach unten geht in die Küche, ist niemand da. Niemand im Garten, in der Werkstatt. Alle weg. Kaija steht im Schlafanzug auf der Terrasse und ist unschlüssig.
Dann macht sie sich eine Schale Müsli und geht wieder in ihr Zimmer, schaut Videos und löffelt nebenbei ihr Frühstück.
Kaijas Handy brummt.
Als sie es in die Hand nimmt, sieht sie Remis Namen und dreht das Handy mit dem Display nach unten. Das Handy brummt wieder, Kaijas Herz poltert.
Vorsichtig dreht sie das Handy um.
Holt Luft und entsperrt es.
Hey
Wie war deine Woche?
Mir ist gerade voll langweilig.
Dann ein GIF von einer gähnenden Katze.
Kaija starrt die Nachrichten an.
Macht das Handy aus, legt es wieder auf den Tisch, sitzt an ihrem Schreibtisch und stiert aus dem Fenster dahinter. Kaut, als gäbe es dafür Preise zu gewinnen.
Langweilig, denkt sie.
Sie entsperrt das Handy wieder, schaut sich die Nachrichten an, sieht, dass Remi online ist.

Weil ihr langweilig ist, denkt sie. Weil ich sie unterhalten soll.
Kaija schluckt Müsli runter.
Wäre es vor einer Woche, dann hätte sie jetzt schon geantwortet.
Die Kaija von letzter Woche sitzt in Kaijas Kopf und kaut auf ihren Nagelhäuten rum.
Die Kaija von dieser Woche macht den Chat zu. Markiert ihn.
Löscht ihn.
Dann atmet sie einmal laut ein und aus. Sie schiebt die Müslischale von sich und hört draußen die Vögel. Weil das Fenster offen steht.
Kaija denkt, dass das Fenster schon seit Tagen offen steht, aber das bedeutet nichts, das ist nur ein Gedanke, der nichts mit Remi zu tun hat.
Langweilig, denkt sie und geht duschen.
Langweilig, denkt sie und trocknet sich ab.
Langweilig, denkt sie und zieht sich an.
Langweilig, und sie lacht laut auf.
Dann hört sie die Eltern.
Sie geht nach unten und sieht, dass ihre Eltern einkaufen waren.
Die Tante ist nirgendwo zu sehen.
»Wo ist Josepha?«, fragt Mama.
Kaija zuckt mit den Schultern, »Ist die nicht mitgekommen?«, fragt sie.
Antwortet ihr keiner.
Sie muss jetzt was machen, um zu etablieren, dass sie zu krank ist, um mit auf das Fest zu kommen. Also räuspert

sie sich und greift sich an den Hals. Die Eltern gucken nicht. Sie legt eine Hand an die Schläfe, presst die Augenlider zusammen und stöhnt leise.
»Kaija, geh mal gucken, ob sie in ihrem Zimmer ist«, sagt Mama und räumt den Kühlschrank ein.
Papa ist im Kämmerchen.
Kaija wartet eine bis zehn Sekunden, dann geht sie nach oben.
Das Zimmer von der Tante ist am Ende des Gangs. Kaija klopft leise. Lauscht. Keine Antwort.
Sie klopft noch mal, fester. Wartet.
»Was?«, kommt die Stimme der Tante von drinnen.
Kaija öffnet vorsichtig die Tür.
Die Tante sitzt auf dem Bett und guckt zum Fenster raus. Kaija sieht nur ihren Rücken.
Dann dreht sie sich um, schaut über ihre Schulter.
»Ich sollte gucken, wo du bist«, sagt Kaija.
»Hier bin ich«, sagt die Tante. Kaija steht da und weiß nicht weiter. Ihr Kopf nickt automatisch.
Irgendwann sagt sie »Okay«, schließt die Tür und geht nach unten in die Küche.
»Ja, ist oben«, sagt sie.
»Hast du ihr gesagt, dass sie sich fertig machen soll?«, fragt Mama, während sie die leeren Einkaufstaschen ineinanderstopft.
»Nein?«, sagt Kaija.
Mama schaut sie nur an.
Kaija seufzt, rollt mit den Augen, dann stampft sie wieder hoch.
Klopft, wartet, klopft, wird hereingerufen.

»Du sollst dich fertig machen, sagt Mama.«
Die Tante dreht sich nicht um, guckt Kaija nicht an, sagt nach einer Weile »Wofür?«.
»Das Fest?«, sagt Kaija.
Ganz leise gluckst die Tante.
Dann steht sie langsam und ächzend auf.
Tritt vor den Spiegel, der an einer Wand hängt, da schaut sie sich an.
»Ich bin fertig«, sagt sie.
Kaija zuckt mit den Schultern, dann dreht sie sich um und hüpft die Treppe wieder runter.
»Hast du ihr Bescheid gesagt?«, fragt Mama.
Kaija nickt.
»Bist du fertig?«, fragt Mama.
Kaija steht nur da, als Mama das fragt, und breitet die Arme aus, schaut an sich herunter. Voilà. Kaija est prête.
Sie setzt sich an den Küchentisch und hört die Treppenstufen knarren, weil die Tante runterkommt.
»Morgen!«, ruft Mama.
Die Tante antwortet nicht.
Papa kommt rein.
»Alle bereit?«, fragt er. »Hast du gefrühstückt?«, fragt er Kaija, die nickt.
»Dann kanns ja losgehen«, sagt Papa.
Kaija schaut auf die Uhr. Gerade mal halb 12.
»Jetzt?«, fragt sie.
»Frag nicht«, murmelt Mama.

Mama hat als Einzige eine Tasche umhängen. Papa reicht ihr sein Portemonnaie, »Kannst du?«, fragt er. Mama steckt es wortlos ein. Er gibt ihr sein Handy.
Die Tante hat eine Sonnenbrille auf.
Kaija fragt sich, wo ihre Sonnenbrille ist.
»Los gehts!«, ruft Papa und schreitet feierlich zur Haustür, als würde davor sonst was auf ihn warten.
Abenteuer, denkt Kaija.
Fürs Krankmelden ist es jetzt zu spät.
Sie überlegt, ob sie nachher einfach ihre Tage bekommt. Krämpfe oder so. Ob ihr schlecht werden wird.
Jetzt folgt sie Papa und Mama, dann kommt die Tante, und Mama sperrt die Haustür ab.
Papa geht vorneweg.
Kaija sieht, wie Mama den Riemen ihrer Handtasche greift, als würde sie sich daran festhalten.
»Langsam!«, ruft die Tante von hinten. Papa hält an, dreht sich um, dann geht er zur Tante und bietet ihr seinen Arm an. Kaija geht nach vorne zu Mama.
Den ganzen Weg bis zum Marktplatz sagt Mama kein Wort, aber könnte man Gedanken hören, denkt Kaija, wäre das ein Rauschen aus Mamas Kopf, wie drei Radiosender übereinander.
Am Marktplatz bleibt Mama stehen und schaut umher.
Kaija dreht sich nach Papa und der Tante um.
Papa grinst und lacht. Die Tante nicht. Sie bleibt jetzt auch stehen wie Mama, schaut von links nach rechts, die Augen hinter der Sonnenbrille, Kaija muss echt nachschauen, wo ihre Sonnenbrille ist. Oder sich eine neue kaufen.

»Okay«, sagt Mama leise.
»OKAY!«, ruft Papa, dann geht er auf eine der Biergarnituren zu, die da stehen, und winkt die anderen hinter sich her.
»Hier ist Platz für uns«, sagt er.
Kaija setzt sich vorsichtig. Mama daneben.
Die Tante steht neben dem Tisch und schaut sich weiter um, während Papa ankündigt, dass er jetzt mal Getränke holt. Mama gibt ihm wieder seine Geldbörse, dann ist er weg. Ohne zu fragen, wer was will.
Die Tante setzt sich gegenüber von Mama und Kaija, lehnt die Ellbogen auf den Tisch und sagt: »So, Ruth, los gehts.«
»Wir sollten Bingo spielen«, sagt Mama.
Die Tante kichert leise und dreckig.
»Was meint ihr?«, fragt Kaija Mama.
Da macht die Tante ein Geräusch, das wie »Wupp« klingt.
»Ruth!«, ruft es laut von rechts und Mama dreht sich um.
Die Tante kichert wieder.
»Was machst du denn hier!«
Kaija sieht eine Frau, die sie nicht kennt (woher auch), die Mama angrinst.
»Hallo Rikki«, sagt Mama schlapp.
»Ja Mensch, bist du zu Besuch?«
»Besuch«, sagt die Tante leise und schreibt sich das Wort mit einem unsichtbaren Stift auf die Hand.
»Nein, wir sind hergezogen«, sagt Mama.
»Wirklich? Wohin denn?«

»Nach Hause«, sagt Mama.
Die Frau nickt schon die ganze Zeit, dann hört sie auf.
»In dein Elternhaus?«
»Ja«, sagt Mama knapp.
»Oh. Schön«, sagt die Frau.
Mama schweigt.
»Na, wir laufen uns dann bestimmt jetzt öfter über den Weg. Ich schau nachher noch mal vorbei, muss jetzt mal nach meinen Jungs gucken.« Die Frau guckt Mama an, nickt wieder, schüttelt dann aber den Kopf und sagt »Die Ruth«. Dann geht sie.
Mama atmet laut aus.
»Die Ruth«, sagt die Tante.
»Nur weil dich keiner erkennt«, sagt Mama.
»Nur, weil eh schon alle tot sind«, sagt die Tante.
Mama schnauft »Quatsch«.
Die Tante pfeift leise durch die Zähne, ein Lied, das es nicht gibt.
»Du hast deinen Spaß«, sagt Mama.
Die Tante greift rüber, nimmt sich Mamas Hand und streicht drüber.
»Es tut mir so leid, Kind. Alles wegen mir.«
»Ach«, sagt Mama und legt ihre Hand auf die der Tante.
Sie schauen sich kurz an.
Kaija guckt von einer zur anderen.
Wünscht sich, sie hätte was zu lesen mitgebracht.
Wenigstens ihr Handy. Nichts hat sie dabei.
Papa kommt zurück.
»Schaut, wie schnell ich war!«, ruft er.
»Wie ein geölter Blitz«, sagt die Tante.

Papa wiederholt »Wie ein geölter Blitz« leise und lacht. »Greased lightening!«, sagt er zu Mama.
Mama nickt und schaut dann woandershin. Dann flucht sie leise. Die Tante folgt ihrem Blick, Kaija schaut auch, während Papa Getränke verteilt und Popcorn isst.
Popcorn, denkt sie, komisch, weil es nach Kino riecht, dann steht da eine Frau und hinter ihr ein Mädchen mit schwarzen Haaren und Sommersprossen.
»Sina«, sagt Mama.
Die Frau starrt Mama an wie ein verschrecktes Tier. Mama steht auf, steht da, und wankt ein bisschen, weil der Körper nicht weiß, ob er stehen oder gehen oder umarmen oder die Hand ausstrecken soll.
Die Frau sagt »Oh, wow«.
»Ich wusste nicht, ob du noch hier wohnst. Sonst hätte ich mich schon längst gemeldet«, sagt Mama.
»Hi!«, sagt das Mädchen. Kaija schaut sie an.
»Hey!«, sagt Papa laut und steht auf. Er streckt seine Hand aus, sagt seinen Namen, »Sina? Ja?«, fragt er die Frau.
Sie nickt. Dann fährt sie sich mit einer Hand durch die Haare und guckt hektisch durch die Gegend.
»Sina«, wiederholt Papa leise und kramt in seinem Gedächtnis nach dem Namen.
Dann schaut er das Mädchen an. »Hi!«, sagt er zu ihr. »Bist du Xandi?«, fragt er und grinst breit, breiter, am breitesten.
»Nee?«, sagt das Mädchen und guckt Papa verwirrt an.
Kaija beißt sich in die Wange.

»Das ist Emily«, sagt Sina und zieht das Mädchen an sich ran. Dann schaut sie Kaija zum ersten Mal an.
»Das ist Kaija«, sagt Mama und legt eine Hand auf Kaijas Schulter.
Mama und die Frau namens Sina starren sich an.
»Und wie alt bist du, Emily?«, fragt Papa.
»Wir gehen in dieselbe Klasse«, sagt sie und nickt zu Kaija.
»Ja?«, sagt Papa und grinst immer noch. »Wollt ihr euch vielleicht zu uns setzen?«, fragt er und macht eine einladende Geste.
»Nein«, sagt Sina, während Emily »Klar« sagt, dann gucken sie sich an, bis Sina sagt »Wir müssen dann mal weiter. Tschüs«. Und Emily hinter sich herzieht.
Mama schaut, dann setzt sie sich.
Murmelt »I need a drink«.
»Aber es ist erst Mittag«, sagt Papa.
»Guck dich mal um«, sagt die Tante und lacht, weil überall auf den Tischen Biere stehen.
»Fuck«, sagt Mama. Dann springt sie plötzlich auf. »Ich muss heim«, sagt sie, steigt aus der Biergarnitur und geht, ohne sich umzugucken.
Kaija greift nach dem Popcorn und nimmt sich eine Handvoll, steckt es sich in den Mund und kaut, bis Papas Lächeln endlich ausflackert.

6. Ruth schaut nach vorne zur Bühne.
»Die Tasche ist voll schön«, sagt Rikki neben ihr.
»Danke«, antwortet Ruth. Über die Köpfe hinweg sieht sie die Band, die gleich anfängt.
»Wo hast du die her?«, fragt Rikki.
»Was?« Ruth dreht sich zu Rikki, die immer noch neben ihr sitzt und immer noch ihre Tasche in der Hand hat.
»Die Tasche. Wo hast du die her?«, fragt Rikki.
»Korsika«, sagt Ruth.
»Ricarda, die Ruth hat nichts, was du bei H&M kaufen kannst, das weißt du doch.«
Ruth schaut nicht zu der Stimme. Dem Müller muss man nicht mehr Aufmerksamkeit schenken als notwendig.
»Wann warst du denn in Korsika?«, fragt Rikki.
»AUF Korsika, Ricarda, das ist 'ne Insel!«
Der Sänger hat seine Gitarre umgehängt, nickt der Technik zu, dreht sich zu den anderen beiden, Bassistin und Schlagzeuger.
»Das weiß ich auch!«, mault Rikki.
Der Müller lacht »Ja, klar«, trinkt laut und drängt sich in Ruths Blickwinkel. »Hallo!«, sagt er.
Ruth lehnt sich nach links, sieht auch nicht mehr, dann steht sie auf, trinkt ihr Bier leer und stellt das Glas ab.
»Ich geh nach vorne«, sagt sie zu niemandem.

Sie geht vorbei an Biertischen und stellt sich vor die Bühne, steht da allein.
Die Band ist die erste des Abends.
Die kennt hier keiner.
»Hello friends and enemies!«, ruft der Sänger und hebt einen Arm. Er schaut kurz zu Ruth, grinst.
»We're Tracksuit Starfish! Let's have a little fun, shall we?«
Er zählt ein, spielt los und Ruth grinst breit. Wippt mit.
Ruth steht allein vor der Bühne, ein paar Kinder rennen an ihr vorbei, ein Mädchen schlägt Rad, rennt dann aber zurück zu ihren Eltern.
Ruth applaudiert, als das erste Lied vorbei ist, nach dem zweiten wooohooot sie, nach dem dritten pfeift sie auf den Fingern.
Die Bassistin grinst ihr zu, ruft von hinten »The next one's just for you!« und deutet auf Ruth.
Hinter ihr werden Biere aufgefüllt, Würstchen und Spießbraten gegrillt, verkauft, gegessen, aber das nächste Lied ist nur für Ruth, also tanzt sie. Springt, dreht sich, wedelt mit den Armen.
Und dabei schaut sie weiter zur Bühne, wo die Bassistin und der Sänger mit Gitarre auch hüpfen und breit grinsen.
Das kleine Mädchen kommt wieder zurück und schlägt weiter Räder vor der Bühne, bis das Lied zu Ende ist, und danach auch.
Ruth japst.
»Thank you!«, sagt der Sänger ins Mikro, »You've been the greatest audience!«, und nickt Ruth zu.

Während die Band noch abbaut, geht der stellvertretende Bürgermeister auf die Bühne und sagt durch, dass gleich die Tombola-Gewinne gezogen werden »Also halten Sie bitte Ihre Lose bereit! Es gibt dolle Preise zu gewinnen. Und vielen Dank noch mal an«, er schaut auf einen Zettel, »Trecksuht Schtahfisch.«
Hinter Ruth wird geklatscht. Sie streicht sich die Haare hinter die Ohren und dreht sich um. Geht zurück zu ihrem Tisch, da steht noch ihr Bierglas, das ist leer, da sitzen noch Ricarda und der Müller und jetzt auch noch Christian und Leo und die Blonde aus der Neunten, die neuerdings überall rumhängt. Ruth schaut, überlegt, ob sie ihr Pfand zurückholen will, ob sie ein neues Bier will, ob sie nach Hause gehen soll, oder zu Sina, die ihre kleine Schwester sittet.
»Hey«, sagt jemand hinter ihr.
Sie dreht sich um, da stehen der Sänger, die Bassistin und grinsen, sagen, sie haben eine Kiste Bier, »Would you care to join us?«
»Groupie«, raunt der Müller, als Ruth den beiden hinterhergeht, die Bassistin dreht sich um, sagt: »Hey, I'm Erin«, und schubst den Sänger in die Rippen, »Have some manners, dude! Don't be rude!«
»Thomas«, sagt der halb über seine Schulter.
»Ruth«, sagt Ruth.
»See, I'm not rude, she's Ruth!«, sagt er und lacht. Ruth grinst und über ihr gehen die bunten Laternen an, während der stellvertretende Bürgermeister vorliest, dass die Nummer 43 eine Fahrradtasche gewonnen hat.

Ruth kann in der Schule ins Internet gehen. Die Pausen sind viel zu kurz, um sich einzuloggen, E-Mails abzurufen, zu antworten. Also setzt sie sich in ihren Freistunden an einen der vier Computer und schreibt lange, einen Brief, eine Nachricht, die schnell verschickt ist. Wartet. Und während sie wartet, schaut sie, findet sie. »Reisen ohne Geld«, sucht sie. »Was tun nach dem Abi«, sucht sie.
»Aupair«. »WWOOFing«. »Work and travel«. »NGOs«. Bis es zur nächsten Stunde gongt und sie ihre Sachen zusammensucht, sich ausloggen muss. Sie schaut noch einmal ins E-Mail-Fach, das aber einfach nur leer bleibt.

Sina guckt nach drinnen, hält ihre Zigarette über die Brüstung, weit weg von der Tür, hält den Atem an, wartet, aber das war nur das alte Haus, das knarzt und knackt.
Ruth nimmt Sina die Zigarette aus den Fingern, hockt auf dem Boden vom viel zu kleinen Balkon.
»Weihnachten hier«, sagt Sina.
»Klar«, sagt Ruth, weil auch die Eltern das so wollen. Die hohen Feiertage, Weihnachten, Ostern vielleicht. Ruth geht den Kirchenkalender im Kopf durch. Pfingsten, denkt sie und schüttelt den Kopf.
»Und zu den Festen. Zum Abiball«, sagt Sina.
Ruth antwortet nicht.
»Mal sehen«, sagt sie irgendwann und merkt, dass Sina sie von der Seite anschaut.
Mal sehen ist kein Versprechen, kein Vertrag. Kann man

auslegen, wie man will. Weil es andere Optionen gibt. Weil Reisen. Weil die Welt groß ist und auf sie wartet. Weil Ruth noch gar nicht weiß, was sie mal werden will, wenn sie so was wie erwachsen ist. Sein wird.

Sina nimmt ihr die Zigarette aus der Hand und schweigt, während sie raucht. Schaut in die andere Richtung, zum Wald hin.

»Du kommst mich besuchen. Ich komm dich besuchen. Wir fahren zusammen weg«, sagt Ruth zum Himmel, der langsam dunkler wird. Der so weich ist, wie er es nur im Sommer ist. Insekten und Pfirsichwolken, Mauersegler. Offene Fenster und trockener Rasen.

Und eine geteilte Zigarette, dabei raucht Sina nicht, und Ruth nur selten.

Sina lehnt ihr Kinn auf die Knie, umarmt ihre Beine und schaut auf den Steinfußboden.

»Ich hab mir überlegt, dass ich erst mal hier wohnen bleibe«, sagt sie leise.

Ruth setzt sich auf.

»Ich kann den Wagen haben, wenn meine Schwester weg ist. Und wenn sie den doch braucht …«

»Fahr Busse und Bahn, fahr Busse und Bahn«, singt Ruth leise und falsch.

Sina grinst schief. »Mal sehen«, sagt sie.

Ist kein Versprechen, denkt Ruth. Sie reibt der Zigarette die Funken aus, spuckt auf den Stummel in ihrer Hand und steckt ihn zu anderen in eine kleine Kiste, die unter der Regenrinne liegt.

Sie dreht sich zu Sina und grinst sie an.

»Uns bleibt immer noch Paris«, sagt sie.

»Mmh-mmh«, sagt Sina und guckt nicht zurück.
Mal sehen, denkt Ruth. Mal sehen.

Erin schreibt, dass sie angefangen hat Theater zu studieren. Wie gut die Stadt ist, in der sie jetzt wohnt.
»You should come visit! There are so many cool places around here, you will love it! I miss you!«
Sie schreibt nicht von der Band. Schreibt nicht, ob sie noch Musik macht, ob sich die Band aufgelöst hat. Ob er nach ihr fragt. Ob er von ihr redet.
»Miss you too«, schreibt Ruth.

»Paris can wait«, sagt Ruth und stupst Sina in die Schulter.
»Und du bist nicht böse?«, fragt Sina.
»Quatsch«, sagt Ruth. Nicht böse, aber enttäuscht, denkt sie in der Stimme ihrer Mutter, dann schüttelt sie den Kopf. »Paris rennt ja nicht weg.«
»Die ewige Stadt«, sagt einer.
»Das ist Rom«, sagt ein anderer.
Ruth schaut Juliane neben ihr in die Karten, aber sie versteht Skat eh nicht.
Juliane nimmt eine Karte, wirft sie ab, Wolfi stöhnt.
Ruth schaut auf ihre Uhr und sieht nichts.
»Ich komm mit«, sagt der Müller und schiebt sich neben Ruth, »nach Paris, du und ich, na?«
Ruth steht auf und nimmt ihren Bierdeckel. »Ich geh zahlen.«
Müller greift nach ihrer Hand, sie zieht sie weg, schaut ihn gar nicht an. Sina nickt, sagt »Bis morgen!«. Morgen wollen sie endlich im Waldsee schwimmen.

Ruth zahlt, geht nach draußen, macht große Schritte, bis sie um die Ecke ist, dann setzt sie sich an den Brunnen. Reibt sich das Gesicht.
»Okay«, sagt sie zu sich selbst. Keiner sonst da, der sie hören könnte. Sie wischt die Hände an der Hose ab.
Okay, denkt sie.
Als Sina am nächsten Nachmittag vorbeikommt, weil sie doch verabredet waren, steht neben Ruths Bett der große Rucksack. Auf dem Boden Kleiderstapel, ordentlich zusammengelegt, zwei Bücher, Kulturbeutel, Sandalen und Turnschuhe. Ruth steht an der offenen Schranktür, zieht den Parka vom Kleiderbügel, und sieht Sina, die im Türrahmen steht.
»Hi«, sagt Ruth.
»Hey«, sagt Sina und hebt eine Hand halb, lässt sie fallen.
Ruth legt den Parka aufs Bett, rollt ihn zusammen und steckt ihn in die oberste Tasche.
»Was passiert hier?«, fragt Sina und zeigt mit dem Zeigefinger von Stapel zu Stapel.
»Planänderung«, sagt Ruth und fängt an die Stapel in den Rucksack zu packen. Sagt, dass eben eine Freundin angerufen hat, die sie noch vom Zeltlager kennt, und dass die morgen zu Freunden nach Frankreich fährt.
»Und ob ich mitkommen mag, und wo wir ja nicht nach Paris fahren«, sagt Ruth und schiebt drei T-Shirts tief in den Rucksack. Dann geht sie an den Schrank.
»Aha«, sagt Sina und setzt sich auf den Boden.
»Du musst doch eh arbeiten«, sagt Ruth. Und es ist Sommer, denkt sie. Und im Herbst fängt das Studium an.

»Was ist mit dem See?«, fragt Sina.
Ruth hält inne, denkt kurz nach, was sie heute noch machen muss, einkaufen, packen. Sie hievt den Rucksack aufs Bett, drückt den Inhalt mit beiden Händen tiefer nach unten.
»Wenn ich wieder da bin, ja?«, sagt sie.
»Und wann kommst du wieder?«, fragt Sina.
Ruth zieht den Rucksack zu und guckt hoch. »Mal sehen«, sagt sie.
Sina schaut Ruth zu, die doch erst morgen fährt, aber schon in den Startlöchern steht.
»Aber nicht Paris, ja?«, sagt Sina und versucht ein Lächeln.
»Nee, Paris ist unsers«, sagt Ruth und setzt sich auf den Boden zu Sina. »Und wer weiß, vielleicht hast du ja keine Lust mehr auf arbeiten, und dann kommst du einfach nach?« Ruth zwinkert.
»Mal sehen«, sagt Sina.

Liebe, liebe Sina.
Nur schnell ein kleiner Gruß von unterwegs. Wir sind hängen geblieben und müssen jetzt gucken, wie wir weiterkommen. ABENTEUER! Nur damit Du weißt, dass ich noch am Leben bin. NOCH. Scherz.
Wish you were here. Mit einem verkehrstüchtigen Wagen. Damit wir zu dritt weiterfahren könnten.
Toujours: Ruth

Herzsina
Planänderung. Bin mit einer Gruppe Rentner (!!!) weitergefahren, schreibe Dir aus … siehe Vorderseite. Senioren sind nicht zu unterschätzen! Ich lerne hier was fürs Leben.
Es bleibt spannend! Stay tuned! Ruth

Chérie! Je suis arrivée!
Voilà la plage, la mer, et cetera.
Je suis heureuse.
Bist Du heureuse?
Bisous, Ruth

Liebste beste Freundin,
es hat geregnet, da bin ich weitergefahren. Jobbe ein bisschen, damit ich noch nicht heimfahren muss, ich glaub, ich bleib hier auch. Bin tagsüber telefonisch zu erreichen unter …
Falls Du herkommen magst und ich Dir den Weg beschreiben soll.
Komm! Allein ist schon schön, zu zweit wirds herzzerbrechend schöner!
Mehr als amicalement, Ruth

Liebste Sina, ciao bella!
Ich bin in Italien! Crazy!
Ruth

Hello my friend,
das wäre doch auch was, einfach immer am Meer sein und vielleicht Schmuck aus Muscheln für die Touristen (die anderen) basteln, abends Drinks, sundowner, tanzen, la dolce vita, wäre das ein Zukunftsplan? Machst Du mit?
Voll toller Ideen: Ruth

Liebe Sina
Ich komm heim.
Wahrscheinlich bin ich schon vor der Karte wieder da.
Setz schon mal einen Kaffee auf, ich komm gleich.
Ruth (im Sauseschritt)

Ruth hat den Rucksack ausgepackt, ihre Klamotten in die Waschmaschine geworfen, geduscht und sich angezogen. Hat die Geschenke für Sina zusammengesucht, hat den Eltern noch zugerufen, dass sie kurz mal zu Sina geht (»Jaja, kurz«, hat Papa gesagt), ist wieder los.
Aber Sina ist nicht zu Hause.
»Die ist bei ihrem Freund«, sagt Sinas kleine Schwester, bevor die Mutter sie wieder nach drinnen scheucht.
»Magst du warten?«, fragt Sinas Mutter, »Ich weiß allerdings nicht, wann die wiederkommen.«
Was für ein Freund?, will Ruth fragen. Warum hat Sina denn nichts gesagt?
Ruth zuckt mit den Schultern, Sinas Mutter sagt »Ich sag ihr Bescheid, dass du wieder da bist, ja?«.
Ruth nickt und hat schon einen Fuß auf die untere Stufe der Treppe vor Sinas Haustür gesetzt, da fragt Sinas Mutter »Wie wars denn eigentlich?«.

»Super«, sagt Ruth.
»Ach schön«, sagt Sinas Mutter, muss dann wieder rein, und Ruth steht vor der Tür, die jetzt zu ist.

Ruth muss bis abends warten, dann erst ruft Sina an.
»Warum kommt die denn nicht rüber?«, sagt Papa im Vorbeigehen und Ruth weiß es selbst nicht.
»Heyy!«, sagt Sina, »du bist wieder da!«
»Jaaa! Und ich hab Geschenke für dich! Ich komm gleich rum, ja?«, sagt Ruth, aber Sina sagt, dass das gerade nicht geht, dass sie nur kurz ihre Sachen geholt hat, weil sie heute Nacht noch woanders übernachtet … Sinas Stimme wird leiser, unverständlicher.
»Tessi hat gesagt, du hättest jetzt einen Freund?«, sagt Ruth und lacht, weil, das kann ja nicht sein. Aber Sina lacht nicht mit.
»Erzähl!«, ruft Ruth.
Sina schweigt kurz, jemand im Hintergrund sagt »Können wir?« und Ruth kennt die Stimme, erkennt die Stimme, und sagt »Müller?«.
»Ja«, sagt Sina.
»Du bist mit Müller zusammen?«, fragt Ruth.
»Ja«, sagt Sina ein bisschen lauter.
Ruth lauscht in die Leitung, aber mehr sagt Sina nicht.
»Warum das denn?«, fragt Ruth.
Sina schnauft und sagt: »Ich muss los. Ich komm morgen vorbei.« Dann legt sie auf.

Sina kommt erst am übernächsten Tag zu Ruth, weil es vorher nicht geht. »Ging nicht eher«, sagt sie und zuckt mit den Schultern. Da fragt Ruth nicht weiter und macht einen Kaffee für beide, setzt sich mit Sina aufs Fensterbrett und schaut raus auf den Baum. Sie gibt Sina ihre Geschenke und glaubt auch, dass Sina sich freut. Die lächelt, hängt sich den Anhänger am Lederband um den Hals, umarmt Ruth und schaut dann den Anhänger an, den sie zwischen den Fingern hin und her dreht.
Ruth überlegt, ob sie fragen soll. Sie räuspert sich und verschluckt sich, hustet.
Sina guckt Ruth an, bis die fertig ist. »Alles okay?«, fragt sie.
Ruth nickt mit tränenden Augen und trinkt Kaffee gegen den letzten Hustenreiz.
Dann schaut sie Sina einfach nur an, wartet, bis die was sagt.
»Und, wie war die Reise?«, fragt Sina.
»Müller?«, sagt Ruth.
»Micha«, sagt Sina.
»Okay«, sagt Ruth, dünnes Eis.
Sina schaut weiter den Anhänger an, zuckt mit den Schultern, sagt »Ist so passiert, beim Bergfest, und …«, zuckt wieder mit den Schultern.
Ruth sagt nicht:
Klingt ja romantisch.
Eine Geschichte für die Enkelkinder.
Warum hat denn da niemand eingegriffen?
Schluckt all das runter. Rechnet, wann das Bergfest war. Wie lang das her ist. Dass Sina seitdem nichts gesagt hat.

Dünnes, haarfeines Eis, denkt sie.
Müller. Und auch, dass sie sich schütteln will, das schüttelt sie stattdessen ab.
»Micha Müller«, sagt Ruth. »Okay!«
Sie grinst Sina an, bis die auch lächelt.

A friend of mine just sent me a link to this organization, and I thought of you!, schreibt Erin, und Ruth lächelt. Klickt und liest, was da alles steht.
Ein halbes Jahr handelt sie mit den Eltern aus, dabei will sie ein Jahr bleiben. Denkt, wenn sie erst mal da ist, kann sie ja noch verlängern. Lieber um Verzeihung als um Erlaubnis bitten. Die Organisation zahlt die Reisekosten, Ruth muss nur noch ihre Impfungen auffrischen.
»Aber wieso geht das denn alles so schnell?«, fragt Mama und schüttelt den Kopf.
»Internet«, sagt Ruth und Mama versteht nicht.
Ruth sammelt ihre Reiseunterlagen, Visum, Reisepass, Gesundheitszeugnis, Impfpass.
Sie freut sich.
»Du fährst schon wieder?«, sagt Sina, hat den Arm vom Müller auf der Schulter. Der hebt gerade eine Hand, bestellt ein Bier.
Ruth kann ihr Grinsen nicht runterdimmen, nickt.
Freu dich doch für mich, denkt sie. Ich hab mich doch auch für dich gefreut.
»Und wann kommst du wieder?«, fragt Sina.
Mal sehen, denkt Ruth und sagt es nicht. Müller bekommt sein Bier.

»Die kommt nicht wieder«, sagt er erst zu seinem Bier, dann dreht er sich zu Sina. »Isso.«
Die sitzt hier, denkt Ruth.
Aber sie schaut Sina an, wartet.
Sina holt Luft, dann lächelt sie. »Wird bestimmt gut«, sagt sie und nickt halb.
Müller lacht falsch, aber Ruth ignoriert es.
»Danke«, sagt sie leise zu Sina.

Dass es ein Glück war, dass Ruth noch zum Kennenlernworkshop in der Großstadt war. Dass man sie dort telefonisch erreichen konnte. Wie klein die Welt doch ist. Trotz der Zeitverschiebung. Zwei Wochen später und Ruth wäre nur noch per Post zu erreichen gewesen, wenn überhaupt.
So ein Glück, sagt man ihr später.
Tamsin hat Ruth aus dem Workshop geholt, sie am Ellbogen ins Front Office geführt, mit ruhigen Worten auf sie eingeredet. Ruth hat nach dem schweren Hörer gegriffen, der neben dem Telefon lag, eine deutsche Stimme gehört, hat nichts verstanden außer »Unfall«, aber es war nicht das Krankenhaus, das anrief. »Ich bins«, sagte die Stimme wieder, als Ruth fragte »Aber wer ist denn da?«, und das Ich war die Nachbarin zu Hause, Iris, das erkannte sie jetzt. Und es brauchte, bis sie verstand, warum sie am anderen Ende der Welt angerufen wurde, nachdem die Eltern einen Autounfall hatten. »Buch einen Flug, Kind. Komm heim. Ich kümmere mich so weit wie möglich um alles, ja?«

Und bevor sie auflegte, sagte sie zu Ruth noch »Mein Beileid«.
Danach gab das Telefon einen fremden Ton von sich, bis jemand Ruth den Hörer aus der Hand nahm und sie auf einen Stuhl drückte.
Jemand half ihr wohl beim Buchen des Flugs, jemand ging mit ihr ins Hostel und holte den Rucksack aus dem Schrank, legte ihre Sachen hinein, Sachen, die hatte Ruth nicht mal angehabt. Die rochen noch nach dem Waschmittel von zu Hause.
Jemand redete vielleicht. Dann war der Rucksack gepackt, Ruth wurde zum Flughafen gebracht und saß da auf einem Plastiksitz in einer Plastikhalle, sah auf die Anzeigen, die ratterten, sah rote Lichter und grüne, da war ein Streicheln im oberen Rückenbereich, kreisförmig, und jemand hatte ihr ein Getränk geholt, das war in ihrer Hand. Als ihr Flug aufgerufen wurde, als sie aufstand, als jemand sie umarmte, als sie dann alleine lief, da hatte sie die ganze Zeit die kleine Glasflasche in ihrer Hand, und erst, als sie im Flugzeug saß, im ersten von dreien, da fiel ihr das auf.

Der Moment, als sie merkt, dass sie in Deutschland am Flughafen nach den Eltern Ausschau hält. Ein Herzblitz. Nur nicht weinen. Nicht hier. Nicht jetzt. Später.
Sie steht da mit ihrem Reiserucksack auf dem Rücken, dem kleinen Rucksack in der Hand, ein Umhängebeutel über der Schulter.
So allein war Ruth noch nie. Wie jemand, der nicht weiß, wie er nach Hause kommt.

Aber dann steht da Tante Josepha und winkt sie mit weiten Armen zu sich.
»Komm«, sagt sie. Ruth folgt Josephas großen Schritten.
»Hat sich jemand um alles gekümmert«, sagt Josepha und meint die Beerdigung. Sogar eine Anzeige in der lokalen Zeitung hätte es gegeben. Der Gottesdienst, die Blumen, Sarg. Alles erledigt.
Ruth kennt sich nicht aus, weiß nicht, ob das normal ist.
Und dass es im Ort Usus ist, dass die Frauen für Kuchen und Kaffee sorgen beim Leichenschmaus. »So ein Wort«, sagt Josepha und schaut Ruth von der Seite an, während sie den Parkschein bezahlt.
Sie finden das Auto, Josepha wuchtet Ruths Gepäck in den Kofferraum, macht ihn laut zu, öffnet die Fahrerseite, setzt sich ins Auto, lehnt sich rüber und öffnet Ruth die Tür.
Die setzt sich, schnallt sich an und fragt sich, wie lange sie in den letzten 48 Stunden gesessen hat.
»Hast du geweint?«, fragt Josepha.
Ruth schüttelt den Kopf.
Josepha brummt. »Kommt noch.«
Ruth atmet tief durch.
Alles, was danach kommt, sind Fetzen. Das Ankommen, die Sachen ins Zimmer stellen, im Haus stehen, das so leer ist. Das Atmen, das immer wieder stolpert. Josephas laute Stimme, Josepha, die sie am Arm nimmt, sagt, was als Nächstes passiert. Erst machen wir das. Wenn du damit fertig bist, kommt das.

Eines davon: die Beerdigung. Sinas Hand auf Ruths Hand. Ruths Blick, der nach vorne geht, über den Kopf des Pfarrers hinweg, zu den Fenstern hin, den bunten Scheiben, und sie muss an das Kaleidoskop denken, das sie als Kind hatte, Spiegel und bunte Glasscherben.
Ruth hört alles und hört nichts, da sind Hände und Arme und Worte und Blicke. Und Schweigen. Und Nicken. Kopfschütteln.
Und irgendwann ist alles vorbei. Und nur noch Josepha sitzt mit Ruth am Esstisch, das Fenster auf Kipp, und raucht, dabei haben die Eltern das nicht gemocht.
Josepha schiebt Ruth die Schachtel hin und die nimmt eine Zigarette in die Hand.
Josepha raucht und schaut Ruth an.
Nimmt ihr die Zigarette wieder aus der Hand, steckt sie ins Päckchen. Und dann, dann weint Ruth.

Das Haus gehört vor allem Ruth, aber auch Josepha.
Das Testament wird verlesen, die Stimme des Mannes im grauen Anzug monoton und schnell. Der macht das so oft, denkt Ruth, damit verdient der sein Geld, dass der vorliest, was übrig bleibt. Ob der das wohl immer vorhatte?, fragt sie sich, auch als Kind, als andere Astronaut oder Rennfahrer werden wollten, Tierärzte? Wusste der da schon, dass er mal Testamente vorlesen würde? Ruth setzt sich aufrechter hin. Merkt, sie hat was verpasst.
»Kann ich noch mal lesen?«, fragt sie, als der Mann fertig ist. Er schiebt ihr die Papiere über den Tisch. Josepha schaut aus dem Fenster, eine Tasche auf dem Schoß, die

Hände auf der Tasche, ganz leicht schaukelt sie. Hummeln im Arsch, denkt Ruth und lächelt. Merkt es. Das erste Lächeln seit, denkt sie.
Der Mann stellt eine Frage. Ruth nickt.

»Wir sollten was essen«, sagt Josepha und raucht stattdessen. Der Esstisch ist voll mit Ordnern, alles sind sie durchgegangen, jetzt seufzt Josepha und steht auf, geht in die Küche. Ruth hört den Kühlschrank.
Als Josepha sich wieder an den Esstisch setzt, hat sie eine Flasche Wein dabei, ein Glas, schenkt sich ein.
»Ruth«, sagt Josepha. »Was hast du vor?«, fragt sie.
Ruth schaut den Tisch an, die Ordner.
»Was hattest du denn vorher vor, bevor das passiert ist?«, fragt Josepha irgendwann.
»Weg sein«, sagt Ruth und hört Josepha dunkel kichern.
»Weg sein«, wiederholt die leiser. »Das klingt nach einem Plan.«

Also plant Ruth mit Josepha.
Verpackt ihr bisheriges Zuhause. Leert Räume, mistet aus, verstaut das meiste im Keller. Das, was sie nicht mitnehmen wird.
Sie finden eine Hausverwaltung, sie finden Mieter. Ruth plant auf einen Termin hin. Bis dann bleibt sie hier. Bis dann muss sie wissen, wohin es als Nächstes geht.
Und dann steht Sina im Flur, steht da, weil die Tür offen war, weil die Tür offen ist. Noch ist es warm. Ruth schwitzt und stinkt und ist dreckig.

Sie sieht Sina, wie die da steht. »Was ist hier los?«, fragt Sina, die zum ersten Mal seit der Beerdigung hier ist, die mal vorbeischauen wollte, wie es geht.
»Renovierst du?«, fragt sie.
Ruth antwortet nicht.
»Du packst«, sagt Sina irgendwann.
Ruth kaut auf ihrer Unterlippe rum.
»Ist das nicht ein bisschen …«, sagt Sina und fuchtelt mit den Armen durch die Luft.
»Ein bisschen?«, fragt Ruth und schaut Sina nicht an.
»Überstürzt? Plötzlich?«, fragt die. »Du bist doch gerade erst wieder hier. Jetzt bleib doch mal. Hier ist doch dein Zuhause!«
Ruth greift sich in die Haare. Sagt »Moment« und geht in die Küche. Da sucht sie ein Glas, aber es gibt keines mehr, also hängt sie sich unter den Wasserhahn. Sina steht im Türrahmen, hat die Arme verschränkt.
»Ich kann dir leider nur Leitungswasser anbieten«, sagt Ruth und wischt sich über den Mund.
»Hättest du dich denn verabschiedet?«, fragt Sina.
»Ja«, sagt Ruth mit halbem Herzen und noch weniger Überzeugung.
»Hier ist doch dein Zuhause«, sagt Sina noch einmal, leiser, fast ein Flüstern.
Ruth weiß nicht, was das heißen soll.
Was das bedeutet.
»Und wir sind doch hier. Wir sind alle für dich da«, sagt Sina.
»Ich hab dich das letzte Mal auf der Beerdigung gesehen«, sagt Ruth.

»Ich war auf einem Lehrgang«, sagt Sina. »Aber ich hab angerufen!«
Der Anrufbeantworter ist schon längst eingepackt. Ruth zuckt mit den Schultern.
»Und jetzt?«, fragt Sina.
Also erklärt Ruth, dass zum Fünfzehnten neue Menschen hier einziehen.
»Wie lange?«, fragt Sina.
Ruth zuckt wieder mit den Schultern. »Bis die nicht mehr hier wohnen wollen.«
»Du kommst nicht wieder«, sagt Sina irgendwann.
Und als sie es sagt, sagt alles in Ruth Ja. Ich komme nicht wieder. Sie lauscht in sich, ob da was kommt, Trauer, Verzweiflung.
Heimweh?
Ich will hier nicht sein. Überall starren sie einen an, denkt Ruth. Überall seufzen sie, wenn sie von mir reden. Jetzt bin ich die mit der tragischen Geschichte.
Die mit den toten Eltern.
Ich kann hier nie wieder anders sein.
Ruth redet leise weiter. Davon, dass sie was gefunden hat, wo sie wohnen will. Ein Haus, wo sie ein Zimmer mit einem Balkon hat. Will sagen, wie groß die Küche auf den Fotos ausgesehen hat, wie wild der Garten. Ein Wohnprojekt. Und dass sie sich dann überlegt, was sie macht. Studieren. Ein Praktikum. Reisen. (Wieder. Weiter.)
Aber Sina schaut Ruth nicht mehr an.
Irgendwann geht sie.
Lässt die Tür offen stehen und Ruth macht sich wieder ans Packen.

Später wird Ruth sagen, dass sie nicht mehr weiß, ob sie Sina noch einmal getroffen hat. Ob sie zusammen spazieren waren, die Feldwege entlang, so wie immer. Ob sie noch mal in ihrer Kneipe waren, schwimmen? Aber daran würde sie sich erinnern, sagt sie. Ob Sina noch ans Telefon gegangen ist, oder ob Ruth nur Sinas Mutter erreicht hat.

Ruth hat die Schlüssel in der Hand. Die Tür ist jetzt zu. Das Glas hat ein Muster, das den Blick nach drinnen bricht.
Das sind keine Edelsteine. Das ist Sicherheitsglas. Und drinnen ist nichts und niemand.
Ruth muss tief atmen. Einmal. Ein Seufzen ohne Ton. Sie nickt sich zu, schaut hoch. Dann löst sie die den Haustürschlüssel, den für den Briefkasten, den für die Garage, geht die restlichen Schlüssel am Bund durch (so viele sind das nicht). Sie steckt die losen Schlüssel in einen Umschlag und klebt ihn zu.
Der Kofferraum ist voll und zu, sie zieht sich den Rucksack über eine Schulter, geht die paar Meter zum Nachbarhaus und klingelt.
»Ach«, sagt Iris.
Ruth steht da, sagt nichts, hält Iris den Umschlag hin. Die nimmt ihn.
»Mensch«, sagt Iris. Sie schaut über Ruths Schulter zum Auto. »Gehts jetzt gleich los?« Ruth nickt und schaut auf ihre Füße.
»Okay. Ich weiß Bescheid.« Ruth hört Iris laut ausatmen.
»Mensch, Kind«, sagt Iris leise.

Ruths Schultern werden gegriffen, sie wird umarmt, fest, sie kippt nach vorne gegen Iris, die ihr über den Rücken streicht.
Ruth macht kurz die Augen zu.
Irgendwann lässt Iris sie sein. Ruth hält den Rucksack an einem Riemen. Sagt, dass sie jetzt muss. Ja.
Iris wischt sich am Auge rum. »Meld dich mal«, sagt sie. Ruth schiebt ihre Mundwinkel hoch und verspricht nichts. Sie hebt die Hand, dreht sich um und hört, wie Iris die Haustür schließt.
Ruth steigt in den Wagen, den Rucksack legt sie auf den Beifahrersitz.
Sie weint nicht mehr. Sie presst die Lippen zusammen, nur kurz, lässt den Wagen an und rollt langsam die Einfahrt runter, setzt den Blinker, obwohl niemand kommt. Tschüs, denkt sie. Niemand winkt ihr. Ruth fährt los.

Liebe Sina,
das ist meine erste Karte von hier, das ist meine Adresse, heb sie gut auf. Telefon haben wir noch nicht, aber es gibt eine Telefonzelle um die Ecke.
Hier ist es schön. Ich hab gelernt, wie man ein Feuer im Ofen macht.
Vermisst Dich: ich.

Liebe Sina,
ich hab noch nicht alle kennengelernt, weil das hier alles so groß ist, aber immerhin muss ich mir das Bad nur noch mit einer anderen Frau teilen. Hier wird es Herbst. Wird es bei Euch auch Herbst?

Kommst Du mich mal besuchen? Wie ist es daheim? Wie geht es Dir? Hast Du was Neues angefangen? Erzähl!
Deine Ruth

Liebe Sina, schreib mir doch bitte! Du fehlst mir!

Liebe Sina,
ich wünsche Dir und Deiner Familie schöne Weihnachten und einen guten Rutsch in ein hoffentlich besseres neues Jahr.
Ich hoffe, es geht Dir gut.
Ruth.

In einer WG am Bahnhof, wo sie die obersten beiden Stockwerke besetzt haben, hängt im Flur eine Landkarte von Mitteleuropa und eine Weltkarte. Ruth hat ein Bier in der Hand, von dem sie seit einer Stunde trinkt, sie schaut auf die Karten, in denen bunte Stecknadeln Orte markieren. Eine Hand reicht ihr über die Schulter, zeigt, und Ruth dreht sich um.
»Da, da bin ich geboren«, sagt der. Und dann »Hi!«.
Ruth nickt eine Begrüßung.
»Und wo bist du von weg?«, fragt er.
»Von weg?«, sagt Ruth.
»Wo dein Zuhause ist. Daheim. Die Heimat.«
»Weiß nicht«, sagt Ruth.
»Kommt noch«, sagt der Typ.
»Mal sehen«, sagt Ruth.

kaija

7. Als es am Montag zur ersten Pause klingelt, als Kaija ihre Tasche nimmt und sich gerade die Kopfhörer in die Ohren stöpseln will, steht sie vor ihrem Tisch.
»Emily«, sagt Kaija leise.
»Ja, oder Emem«, sagt die.
»Eminem?« Kaija wirft sich die Tasche über die Schulter und steht auf.
»EM!EM!«, sagt Emily und rollt mit den Augen. »Em wie Emily und das zweite weil Müller, ist auch egal. Oder Emily. Ja.« Sie zuckt mit den Schultern.
»Okay«, murmelt Kaija und schiebt sich an ihr vorbei.
»Weißt du«, sagt Emily und hält mit Kaija Schritt, »dass unsere Mütter Freundinnen waren?«
Kaija weiß das nicht. Kaija geht so schnell die Stufen runter, dass sie sie fast runterrutscht.
»Deine Mutter ist hier Lehrerin, oder?«
Kaija nickt leicht.
»Und weißt du auch, dass die beiden hier auf die Schule gegangen sind?«
Kaija guckt Emily halb an, nickt kaum merklich, lächelt ein dreißigprozentiges Lächeln, dann macht sie die Tür zur Bücherei auf.
»Was machst du denn hier?«, fragt Emily und bleibt wie angewurzelt stehen.

Kaija antwortet nicht, geht rein und legt drei Bücher in die Rückgabebox.
Dann steuert sie ihre Ecke an.
»HEY!«, ruft Emily und jemand macht laut »Scht!«.
Kaija hockt schon auf dem Sitzsack, den sie hier in die Ecke gezogen hat.
»Du bleibst hier?«, fragt Emily.
»Ja«, sagt Kaija leise. Sie zieht ein Buch aus der Tasche und schlägt es auf.
»Komm doch mit raus! Ich stell dir die anderen vor!«, sagt Emily.
Kaija schüttelt leicht den Kopf und hält ihr Buch hoch.
Emily schnauft. Emem ist ein dämlicher Name, denkt Kaija. Sie wird sie weiter Emily nennen, entscheidet sie. Dann denkt sie, dass sie die gar nicht nennen wird. Warum auch. Wofür auch.
Emily steht da und geht einfach nicht. Sie schnauft noch einmal, dann setzt sie sich im Schneidersitz neben Kaija.
»Warum seid ihr denn jetzt hergezogen?«, fragt sie. »Und wo habt ihr vorher gewohnt? Warst du noch nie hier?«
Wieder macht jemand »Scht!«.
Kaija hält den Daumen zwischen die Seiten.
»Nein«, sagt sie leise.
»Warum nicht?«, fragt Emily.
Kaija zuckt mit den Schultern. Das war nie eine Frage, denkt sie. Hier war ja niemand.
Emily zieht eine Augenbraue hoch. »Spannend!«, sagt sie.

»Okay«, murmelt Kaija. Dann setzt sie sich die Kopfhörer ein und spielt lesen, bis Emily endlich aufsteht, ihr noch einmal gegen die Schulter tippt im Weggehen und dann die Bücherei verlässt.
Kaija geht sehr knapp zur nächsten Stunde und schaut an Emily vorbei. Die guckt den ganzen Unterricht immer wieder rüber zu ihr.
Dann passt sie Kaija wieder ab.
»Und wo habt ihr gewohnt? Und ist dein Vater Amerikaner? Sprichst du deswegen so gut Englisch? Und wo wohnt ihr jetzt? Ey, wie schräg das sein muss, an der eigenen Schule zu unterrichten, oder? Stell dir mal vor, du wirst hier irgendwann Lehrerin!«
Kaija läuft weiter und kann Emily nicht abschütteln.
Kaija steuert das Klo an, aber Emily läuft ihr einfach hinterher. Geht in die Kabine neben ihr. Redet weiter, während sie pullert.
»Hast du Geschwister? Wohnt ihr jetzt in dem Haus, wo deine Großeltern gewohnt haben? Weißt du denn, warum unsere Mütter nicht mehr befreundet sind?«
Als Kaija die Tür ihrer Kabine aufmacht, steht Emily schon wieder da und wartet. Geht mit ihr zu den Waschbecken und schaut sie im Spiegel an, während sie sich die Hände waschen.
»Frag sie doch mal! Hat sie denn nie was erzählt?«
»MANN!«
Kaija stampft auf den Boden, steht da mit nassen Händen, während der Wasserhahn weiterläuft.
Emily starrt sie an. Dann grinst sie und stellt das Wasser aus.

»Ach so! Ich nerve. Stimmt! Du kennst mich ja gar nicht.«
Sie lacht ein bisschen und trocknet sich die Hände ab. »Das ist so komisch, weil, hier zieht fast nie jemand hin. Und die anderen kennen mich halt schon ewig. Also«, sagt sie und hält Kaija eine Hand hin: »Ich bin Emily und ich nerve. Ich rede viel und dauernd. Ich entschuldige mich auch nicht dafür und ich kann mich auch nicht ändern.«
Sie steht da mit der ausgestreckten Hand und wartet auf Kaija.
Kaijas Blick klebt an der Hand, zoomt ran.
Sie hört Janne lachen, als würde die neben ihr stehen, hört die anderen alles runterrattern, was an Emily falsch ist. Hört das Augenbrauenheben, das Augenrollen, yeah right, nee, lass mal, die ist ZU alles. (Das Lachen. Das Auslachen.) Wie die aussieht. Dass die nicht die Fresse halten kann.
Und was will die überhaupt von dir.
Mit dir.
Denkste wirklich, dass die deine Freundin sein will?
Die will doch nur wissen, womit sie dich fertigmachen kann. Die gräbt, die fragt, die bohrt nach. Die tut interessiert (an dir, dass ich nicht lache), und dann, dann rennt sie rum und erzählt überall in der Schule Geschichten von dir rum.
Das kennst du doch, oder?
Kaija schluckt.
»Alles okay?«, fragt Emily und zieht langsam die Hand zurück.

Kaija atmet zu schnell. Viel zu schnell.
Emily nimmt sie am Arm, glaubt Kaija, zerrt sie nach draußen, Kaijas Blick ruckelt, wie eine Handkamera, das Herz, Rauschen in den Ohren (das ist mein Blut, denkt sie).
Kaija wird auf eine Bank gedrückt, bis sie sitzt, bis sie liegt, auf dem Rücken, über ihr der blaue Himmel, ohne eine einzige Wolke, nur blaue Fläche.
Blau, denkt sie.
Sie hört, wie Emily neben ihr zählt, und versteht nicht.
Dann »Hol mal ihre Mutter«.
Hört Schuhe über Schulhofboden rennen, dann wieder die Stimme neben ihrem Ohr, die was von Einatmen und Ausatmen sagt und von eins bis vier zählt.
»Kaija?«, fragt Mama, Mamas Gesicht taucht im Himmel auf. Kaija muss blinzeln.
»Ist sie krank, hätte ich das wissen müssen? Hat sie das öfter? Sie müssen das auch sagen, wenn Ihre Tochter Zucker hat oder Epilepsie«, redet Emily irgendwo links neben Kaija.
Mama guckt in die Richtung und sagt leise »Danke dir«.
»Ja aber weil da kann ja sonst was passieren. Es gibt ja auch welche, die sind so hart gegen Erdnüsse allergisch, die können nicht im selben Raum wie eine Erdnuss sein!«
Kaija fühlt Mamas Hand auf ihrer Stirn und will die Augen zumachen. Das Rauschen ist weg.
»Kannst du aufstehen?«, fragt Mama. »Wollen wir mal versuchen?«

Kaija fühlt Mamas Hand unter ihrer Schulter und drückt sich hoch, bis sie sitzt.
Emily läuft vor der Bank hin und her. »Mann! Warum sagst du denn nicht, dass du was hast?« Emily rauft sich die Haare. Die hat ganz schön viele Haare, denkt Kaija.
»Ich hab nichts«, sagt sie leise. Mamas Hand streicht Kreise auf ihrem Rücken.
»Müssen wir einen Arzt rufen? Ich hab mein Handy, ich kann das machen!«, sagt Emily zu Mama und zieht schon ihr Handy aus der Tasche.
»Ich glaub, das geht. Ne?«
Mama schaut Kaija tief in die Augen. Sagt leise »Heimgehen?«.
Kaija nickt.
Dann steht sie langsam auf.
»Ja aber wenn was passiert!«, sagt Emily.
»Kannst du bitte im Sekretariat Bescheid sagen, dass ich Kaija nach Hause bringe?«
»Zu Fuß?!?«, sagt Emily sehr laut.
Da stockt Mama. Kaut auf ihrer Unterlippe rum. Dann zieht sie ihr Handy aus der Tasche.
»Thomas, kannst du bitte mit dem Auto zur Schule kommen, Kaija muss abgeholt werden.«
Nachdem Mama aufgelegt hat, geht sie mit Kaija zum Schultor. Die Pause ist vorbei. Mama steht da und hält Kaijas Hand.
Und auf der anderen Seite steht Emily.
»Sie waren die Freundin von meiner Mutter«, sagt sie irgendwann zu Mama.

Mama nickt und sagt dann nach einer Weile ein kleines Ja.
Emily schaut Mama nur an. Dann kommt schon Papa mit dem Auto, bleibt im absoluten Halteverbot vor der Schule stehen mit laufendem Motor und steigt aus. Kaija geht zum Auto, öffnet die hintere Tür und legt sich auf die Rückbank.
Auf dem Beifahrersitz sitzt die Tante.
»Na?«, fragt die. Kaija dreht sich um, die Nase zum Polster, der Rücken zur Tante, wartet, bis Papa wieder einsteigt und losfährt.
»Ruth bleibt in der Schule«, sagt Papa, zu der Tante, zu Kaija. Dann ist er still und fährt sie nach Hause.

Kaija geht in ihr Zimmer.
»Willst du ins Bett gehen?«, fragt Papa, und Kaija sagt »Ja«. Will ich ins Bett gehen, fragt sie sich, da liegt sie schon, da hat Papa schon die Rollläden runtergelassen, dass das Licht nur noch durch drei Reihen Schlitze reinkommt.
Will ich ins Bett. Will ich schlafen.
Das macht man doch so.
Wahrscheinlich bin ich erschöpft, sagt sie sich und weiß nicht, warum.
Ach was, du spielst doch nur krank, sagt Janne, das machst du doch eh immer, wenn du keine Lust hast, dann bist du krank. Wenn du Schiss hast.
Ich bin nicht krank, denkt Kaija.
Ich bin

(Wie still das ist, wenn kein Gedanke mehr kommt. Wenn der Kopf schweigt. Weil er nicht weiterweiß.)

Kaija hält inne. (Der Atem so leise, so ruhig, wie es geht. Wie kleine schwappende Wellen.)

Ich bin.

Dann beißt sie ins Kissen, bis ihr die Zähne wehtun, die Finger, die ins Kissen krallen.
Keine Wellen, der Atem, kein Plätschern, sie schnauft, schnappt, keucht. (Wie das ist, wenn man zerbricht. Wenn da nichts ist.) Ich bin doch nicht nichts, denkt sie. Ich bin Kaija. Ich bin ein Kind, ein Teenager, ein Mensch, ein Mädchen, eine Frau, eine Schülerin, ein eineineein
Die Faust schlägt auf die Matratze und Janne lacht und Grischa und Remi und alle anderen lachen Kaija aus.

Ich bin müde, denkt sie und liegt im Bett.

Und schläft dann ein.

Als Kaija wach wird, hört sie Stimmen.
Papa und noch eine andere Stimme, unten, dann hört sie Schritte auf der Treppe, Papa, der nach oben kommt, der leise gegen die Tür klopft, wartet.
Kaija sagt was und hört sich selbst nicht mal. Sie räuspert sich und dann »Ja«.
Papa öffnet die Tür einen Spalt. »Hey«, sagt er, »da ist deine Freundin Emily. Unten.«

Ich hab keine Freundin.
Kaija nickt.
»Kommst du runter oder soll sie hochkommen?«, fragt Papa.
Gar nichts, denkt Kaija.
»Ich kann auch gehen, ich wollte ja eh nur die Schulsachen …«, hört Kaija Emilys Stimme, die von irgendwo hinter Papa kommt, die die Treppe wohl nach oben gestiegen ist und jetzt im Flur vor Kaijas Tür steht, aber draußen bleibt.
Papa schaut über seine Schulter.
»Und wir sind keine Freundinnen«, sagt Emily. Dann ruft sie: »Kaija, machs gut, wir sehen uns morgen oder so. Tschüs!«
Kaija hört Emily die Treppe runterhüpfen, dann die Haustür.
Papa verschwindet kurz, kommt mit Kaijas Tasche zurück, die stellt er ihr neben das Bett.
Dann weiß er nicht mehr.
Er fragt, ob sie Hunger hat. Durst.
Kaija sitzt da und hat gar nichts.
Papa holt Luft, setzt an, dann sagt er doch nur, dass er unten ist. In Rufweite.
Nickt kurz für sich oder Kaija, dann macht er leise die Tür zu.
Kaija zieht die Tasche zu sich.
Oben auf ihren Sachen liegt ein gefaltetes Blatt Papier. Emily hat die Hausaufgaben aufgeschrieben, darunter ihre Handynummer, ihre E-Mail-Adresse. Darunter: *Gute Besserung. Emily.*

Ihr seid gar keine Freunde, hat sie selbst gesagt, sagt Janne.
Scht, macht Kaija so laut, dass sie froh ist, dass Papa unten ist.
Scht noch einmal, und Janne ist still.
Kaija speichert Emilys Nummer und schickt ihr eine Nachricht.
Meine Nummer. Danke. Kaija.
Das Zimmer ist fast dunkel und Kaija weiß nicht, wie spät es ist. Sie schaut auf ihr Handy, bemerkt dann noch das Licht, das durch die Ritzen im Rollladen fällt, so hell.
Regnet es hier eigentlich nie?, denkt sie.
Sie steht auf und zieht die Rollläden hoch, schwer, laut.
Kaija steht vor ihrem Fenster, schaut raus und da ist noch Tag, es ist Nachmittag. Sie schaut wieder nach der Uhrzeit und denkt, dass Emily früher als Schulschluss hier war.
Kaija seufzt. Weil.
Und dann seufzt sie noch mal.
»Du«, sagt die Tante.
Kaija dreht sich um.
»Geht wieder?«, fragt die Tante.
Kaija legt den Kopf zur Seite.
»Verstehe«, sagt die Tante. Sie reibt sich das Kinn wie bärtige Männer den Bart. Dann räuspert sie sich. »Ich muss mal raus. Ich kann allein nicht raus. Komm mal mit.«
Die Tante stellt keine Fragen, steht da und wartet, bis

Kaija sich bewegt, sich nach ihren Schuhen umschaut, sie findet und anzieht.
Ihr fällt auf, dass sie in voller Montur geschlafen hat.
Die Tante setzt sich eine Sonnenbrille auf.
»Sonnenbrille?«, fragt sie Kaija.
»Weiß nicht, wo die ist«, antwortet die.
Die Tante seufzt, dreht sich um und verschwindet kurz in ihrem Zimmer. Dann kommt sie zurück und drückt Kaija eine Sonnenbrille in die Hand. »Wiedersehen macht Freude«, sagt sie.
»Okay«, sagt Kaija.
Sie gehen langsam und vorsichtig die Treppe runter. Die Tante öffnet die Haustür und geht raus.
»Sollen wir Papa nicht Bescheid sagen?«, fragt Kaija.
»Pffft«, macht die Tante. Sie geht vor. Langsam. Kaija schaut kurz zurück, dann geht sie der Tante nach.
Hier hört der Sommer nie auf, denkt sie. In den Vorgärten sirren Insekten durch die Blumen, Rasensprenger werfen Wasser auf trockenes Gras.
»Wo gehen wir hin?«, fragt sie nebenbei.
»Freunde besuchen«, sagt die Tante.
Kaija fragt nicht weiter. Denkt, welche Freunde?
Bestimmt nicht deine, sagt Janne.
Scht, denkt Kaija und zieht die Augenbrauen zusammen. Tritt fester auf.
Die Tante merkt es nicht. Sie laufen zur Kirche, an der Kirche vorbei und als sie zum Friedhof kommen, rollt Kaija mit den Augen. Come on.
»Freunde?!«, sagt sie leise, aber die Tante hört sie trotzdem.

»Nennen wir es Bestandsaufnahme. Inventur.« Sie grinst und geht durch das Törchen.
Kaija geht der Tante hinterher, wie sie durch die Reihen schlurft, sieht auf Namen, die sie nicht kennt, Jahreszahlen aus dem letzten Jahrtausend.
»Da«, sagt die Tante. »Deine Großeltern«, sagt sie. Bleibt stehen, legt kurz zwei Finger an die Schläfe.
Deine Schwester, denkt Kaija. Sie schaut die Tante an, die nichts mehr sagt, die sich kurz auf den Gehstock stützt, leicht seufzt. Dann geht sie weiter.
Sie geht die Reihen systematisch entlang, sagt hier und da was, macht einen Ton, schnauft laut, einmal »Ach!«. Einem Grab zeigt sie den Mittelfinger. »Dämliches Arschloch«, grummelt sie im Weitergehen.
Kaija sagen die Namen nichts.
Und dann bleibt die Tante stehen. »Ach je«, sagt sie. Gegenüber von dem Grab steht eine Bank, auf die setzt sich die Tante und schaut auf das Grab, auf dem Blumen blühen, vor dem ein frischer Strauß in einer Vase steht. Sterne sind auf dem Grabstein, sieht Kaija. Das ist schön.
Kaija steht neben der Tante und wartet. Und weiß nicht, ob sie sich setzen soll.
Die Tante hat ja die Sonnenbrille auf, deswegen sieht Kaija nicht, was die Augen machen. Der Mund ist, wie der Mund von der Tante ist, der lacht nicht, der ist einfach nur, geht an den Winkeln nach unten, aber das ist vielleicht auch nur so, weil sie alt ist, weil die Zeit sich an die Mundwinkel gehängt hat und zieht.
Die Tante klopft mit der flachen Hand auf die Bank.

»Setz dich, wir bleiben ein Weilchen«.
Also setzt sich Kaija.
Die Tante schweigt und Kaija fragt sich, was sie denkt. Glaubt, die Tante setzt manchmal an, holt Luft, um was zu sagen, aber sie sagt ja nichts, sie guckt nur auf den Grabstein, wo nur ein Name steht, kein Spruch, kein nichts. Nur der Name und die Sterne.
Lange sitzen sie da. Dann steht die Tante auf und sagt, »Komm, bevor dein Vater noch eine Vermisstenanzeige aufgibt. Der ist so einer.«
Den Weg nach Hause sagt sie kein Wort. Als sie die Tür öffnen, kommen Mama und Papa in den Flur »Wo wart ihr denn?«
»Spazieren«, sagt die Tante.
Mama sieht Kaija und geht auf sie zu, will sie in den Arm nehmen, aber Kaija weicht aus.
Mama zuckt zusammen.
»Alles gut?«, fragt sie.
Nein, denkt Kaija. Aber das weißt du auch.
Sie nickt halb und muss gar nichts weiter sagen, weil Papa schon vom Essen redet, das auf dem Tisch steht.

Als Kaija im Bett liegt, als sie schon ein Weilchen so getan hat, als ob sie schläft, da hört sie die Eltern.
Wie damals, als diese Memes rumgingen.
Fucking bullies.
Ich dachte, das hätten wir hinter uns gelassen.
Good riddance.
Sie findet schon neue Freunde.
Freunde. (Ein falsches Lachen.)

Wer solche Freunde hat.

Hörst du, sagt Janne.

Nein, hörst du?, denkt Kaija. Die meinen dich. Dich und die anderen.

Da ist Janne still.

8. Es klingelt.
Um halb acht klingelt es an der Haustür.
Papa schaut Mama an, die gerade auf dem Absprung ist, guckt raus auf die Terrasse, wo die Tante sitzt und ihren Kaffee trinkt. Kaija lehnt sich auf ihrem Stuhl nach hinten, um zur Haustür zu schauen. Sieht nur gebrochenes Licht in Rot und Blau.
Mama geht zur Tür, öffnet sie.
»Hi!«, sagt Emily. Sie schaut an Mamas Schulter vorbei und winkt Kaija. »Kommste mit?«
Papa grinst Kaija breit an und nickt ihr zu.
Kaija guckt ihn nur an. Sie steht langsam auf, nimmt ihre Sachen und einen Apfel für den Weg aus der Obstschale.
Im Flur drückt sie sich an Mama vorbei und steht dann draußen, während Mama sie und Emily anguckt, grinst, als wollte sie was sagen.
»Wollen Sie eigentlich die Nummer von meiner Mutter haben?«, fragt Emily plötzlich und Mamas Grinsen löst sich in Luft auf. »Wir wohnen am Hasentor vier«, sagt Emily. »Sie können ja auch einfach so vorbeikommen.«
Mama streicht sich die Haare hinter die Ohren, dann schaut sie auf ihre Armbanduhr, drückt Kaija einen Kuss auf die Wange und schwingt sich auf ihr Fahrrad.

Emily schaut ihr hinterher.
»Huh«, sagt sie. »Das ist wohl ein Nein.«
Kaija grinst ein bisschen.
»Langweiliger Weg oder guter Weg?«, fragt Emily.
»Duh!«, sagt Kaija.
»Na gut, dann der gute Weg. Sind eh beide gleich lang. Aber auf dem guten Weg kommen wir bei den Schafen vorbei.«
Emily biegt an der nächsten Ecke anders ab als Kaija. Die läuft neben ihr her und wappnet sich, aber Emily schweigt.
Als sie bei den Schafen ankommen, lehnt sich Emily über den Zaun und macht ihren Arm lang. Ein Schaf kommt näher und riecht an ihrer Hand, dann krault Emily es hinter den Ohren.
»War das eine Panikattacke, oder hab ich was getriggert, und worauf muss ich in Zukunft achten, damit das nicht mehr passiert?«
Kaija beißt sich auf die Unterlippe. Emily schaut sie nicht an, aber sie wartet.
»Ich weiß nicht. Du bist nicht schuld, glaub ich«, sagt sie irgendwann.
»Glaubst du.«
Kaija zuckt mit den Schultern.
»Bist du in Therapie?«, fragt Emily.
Kaija lacht falsch »Ha, nee!«.
Emily zuckt mit den Schultern und sagt »Hör mal auf mit Lachen«.
Da ist Kaija still. »Du?«, fragt sie.
»Nee, aber Leute, die ich kenne.«

Kaija nickt. »Sorry«, sagt sie, meint das Lachen.
Emily nickt. Kaija streckt die Hand aus und bekommt auch einen Zipfel Schaffell zu fassen.
Dann seufzt Emily. »Wir müssen los«, sagt sie.
Sie winkt den Schafen und geht weiter.
»Wir müssen auch keine Freunde sein«, sagt sie zu Kaija und guckt nach vorne. »Ich weiß ja auch gar nicht, was du für eine bist, vielleicht will ich auch gar nicht mit dir befreundet sein.«
Was für eine ich bin, denkt Kaija. Ich auch nicht.
»Aber: Ich kann ja deine Fremdenführerin sein oder so.«
»Warum?«, fragt Kaija.
Emily zuckt mit den Schultern. »Keine Ahnung. Karmapunkte sammeln. Oder mal gucken, wie du bist. Vielleicht bist du ja doch friend material.«
Kaija fällt nichts ein.
»Und außerdem: Wenn du noch mal eine Panikattacke bekommst …«, sagt Emily und spricht nicht weiter.
»Was dann?«, fragt Kaija und hört, wie bissig sie klingt.
Emily zuckt mit den Schultern. Sagt leise »Weißnich«.
Ich auch nicht, denkt Kaija.
Als sie an der Schule ankommen, klingelt es zum ersten Mal.
Die Tür zum Klassenzimmer ist schon auf. Kaija und Emily stehen im Türrahmen und gucken. Dann geht Emily zu ihrem Tisch und winkt Kaija hinter sich her.
Das Mädchen, das da sitzt, grinst beide an.
»Lena Kaija, Kaija Lena«, rattert Emily runter, und dann sagt sie, »Komm, Lena, wir setzen uns zu Kaija«. Lena

nickt und dann tragen Emily und Lena ihren Tisch nach hinten zu Kaijas Tisch und stellen ihn dazu.
Und wenn sie nicht gestorben sind, dann leben sie noch heute, gackert Janne.
Kaija presst ihre Fingernägel in die Handinnenfläche.
Nicht hinhören.
Nur nicht hinhören.
Kaija legt Janne einen Finger auf die Lippen. Klebt den Mund mit Gaffertape zu. Dass sie nicht mal mehr das Grinsen sehen kann.
Kaija macht die Augen zu. Hält die Luft an. Fühlt, wie jemand ihr auf den Unterarm tippt. Kaija macht die Augen wieder auf und schaut nach vorne.
»Hey«, sagt Emily leise neben ihr.
Kaija saugt ihre Unterlippe ein und atmet.
»Noch da?«, fragt Emily.
»Ja«, sagt Kaija.
»Okay«, flüstert Emily.

In der Pause muss Lena zur Schülerzeitung. Emily wartet.
»Musst du Bücher abgeben?«, fragt sie Kaija.
»Nein«, sagt die.
Schweigend gehen sie die Treppen runter.
»Komm, ich zeig dir was«, sagt Emily und geht zur Turnhalle. Sie geht vorbei am Eingang, um die Ecke und Kaija folgt ihr.
Hinter der Turnhalle liegt ein Garten mit einem Teich.
»Garten-AG«, sagt Emily. »Hieß mal Öko-AG oder so.«
Sie packt ein Brot aus, setzt sich auf die niedrige Mauer, die den Garten umgibt.

»Und guck mal, ich glaub, das hat deine Mutter gemacht.« Sie deutet auf ein Wandbild an der Hinterseite der Turnhalle. Kaija sieht halb hinter einem Grasbüschel Mamas Namen ganz unten rechts, dahinter 1998.
Emily grinst. »Ich find das so weird«, sagt sie.
»Was?«, fragt Kaija.
»Dass die hier waren. Dass die mal wie wir hier gesessen haben. Oder so. Und vor allem wussten die nicht, dass wir hier mal sitzen werden. Die wussten ja gar nicht, dass es uns mal geben wird!«
Emily macht mit ihren Händen, dass ihr Kopf explodiert. »Buff!«, sagt sie. Dann lacht sie.
Der Gedanke an Mama damals sickert durch Kaijas Gehirn. Macht komische Sachen. Sie reibt sich die Stirn, als hätte sie Kopfschmerzen.
»Malst du auch?«, fragt Emily.
Kaija schüttelt den Kopf.
Emily guckt sie eine Sekunde länger an, dann sagt sie: »Ich würde so gerne gut malen können.« Sie seufzt.
»Ist Übungssache«, sagt Kaija.
»Meine Tante sagt«, meint Emily jetzt und reibt sich schnell über die Nase, »dass sie immer Klavier spielen können wollte, aber sie wollte nicht Klavier spielen lernen. Sie wollte schon Klavierspielen können.«
»Deep«, sagt Kaija, und Emily lacht.
Kaija schaut zu dem Wandbild.
Das hat sich mal meine Mutter ausgedacht und war da noch nicht meine Mutter, denkt sie.

Kaija überlebt sieben Stunden Unterricht.
»Ich muss jetzt zum Chor«, sagt Emily.
»Du kannst auch mitkommen«, sagt sie und Lena nickt.
»Ja, hey, komm doch mit!«
Kaija schüttelt den Kopf. Nicht mit deiner Stimme, sagt Janne.
Emily schaut und sagt »Ich schick dir gleich mal die Liste mit allen AGs, vielleicht hast du ja Lust auf eine andere«.
Kaija grinst schief und zuckt mit den Schultern.
Emily guckt, aber dann muss sie los.
Kaija geht heim.
Mit meiner Stimme, denkt sie.
Immer musst du mitsingen. Das nervt so.
Das ist so peinlich.
Kaija schnappt nach Luft.
Shut the fuck up.
Kaija schüttelt den Kopf. Sie steht an der Straße. Dann geht sie zurück zu den Schafen.

»Das Kind kann mit mir gehen«, sagt die Tante zu Papa.
Kaija schaut hoch. Das Kind. Das bin ich, denkt sie.
Papa schaut zu ihr, überlegt, fragt »Kaija?«.
Bewegung wird dem Kind guttun, denkt sich Papa bestimmt.
»Mkay«, sagt Kaija.
Papa nickt, die Tante geht nach draußen und wartet vor der Tür.
»Wohin?«, fragt Kaija. Die Tante antwortet nicht.

Also folgt Kaija ihr einfach.
Die Tante läuft Straßen entlang und schaut auf die Namen an Klingelschildern, an den Briefkästen.
»Suchen wir wen?«, fragt Kaija.
»Ich weiß nicht, suchst du wen?«, fragt die Tante.
Kaija rollt mit den Augen.
Irgendwann kann die Tante nicht mehr und muss sich setzen. Kaija führt sie zu einer Bank. Die Tante japst und hat kein Wasser dabei. Kaija überlegt, ob sie Papa anrufen soll.
»Hör auf«, sagt die Tante. Kaija zuckt.
»Meine Fresse, Kind, du denkst so laut, das sollte knirschen!«
Kaija zieht die Nase hoch. Sie merkt, dass die Tante sie anstarrt.
»Sprich!«
»Soll ich Papa anrufen?«, motzt Kaija die Tante an.
Die lacht kurz auf. »Gottbewahre.«
Sie schaut kurz in der Gegend rum, dann murmelt sie: »Wird schon. Brauch nur einen Moment.«
»Ich kann auch im Internet suchen«, sagt Kaija leise.
»Wonach?«, fragt die Tante.
»Wonach du suchst«, sagt Kaija.
»Ich such nach nichts«, sagt die Tante und summt leise, während sie die Straße entlangschaut.
»Komm, ab nach Hause«, sagt sie irgendwann.

Josepha

9. Josepha saß auf der Bank. Auf dem Festgelände waren jetzt nur noch die Alten, die immer betrunkener wurden. Die Musik wurde leiser, die Stimmen lauter. Tanzte keiner mehr und auch die Buden hatten schon zu, nur noch der Wirt zapfte. Die Alten redeten über die alten Zeiten, darüber, worüber man doch nicht mehr sprechen sollte. Und dann sah einer rüber zu Josepha, die da mit den anderen aus ihrer Schule stand.
»Heh!«
»Wie siehst du überhaupt aus?«
»Was soll das sein, soll das ein Mädel sein?«
Ein Lachen, ein halbes. Bier wurde abgestellt.
»Die Jugend heutzutage!«
Und dass einer anfing, leise, aber laut genug, »Unterm Adolf, unter dem hätt man so eine …«.
Josepha hat sich wegziehen lassen mit den anderen, der Rudi hatte Schnaps dabei, ein anderer auch, einer hatte ein Radio dabei und einen Motorroller in hellem Blau, der Einzige, der etwas besaß mit Motor. Die Mädchen mit den Röcken: Doris, die sich bei Josepha einhakte, »Ach die, lass die reden«.
Josepha trug Hosen.
Ist doch praktisch, hatte sie der Mutter gesagt. Die Mutter hatte mit den Schultern gezuckt, der Groß-

vater hatte auch nichts gesagt. Der Vater redete eh nie. Nur Annemie hatte gekichert. »Wie ein Junge« gesagt. Steckte neuerdings mit den anderen Zehnjährigen die Köpfe zusammen, wenn Josepha auf dem Schulhof vorbeilief, bis Josepha laut »Hallo Annemiechen« sagte. Dann wurde die rot.

Annemie schlief jetzt schon. Nur Josepha war draußen, es war Nacht, und Doris lehnte sich an sie, weil sie beschwipst war.

Einer hatte ein Feuer gemacht, der durfte das, weil der bei der Freiwilligen Feuerwehr war. Der passte auf, dass dem Wald nichts geschah.

Da waren Sterne und Ludwig vom Aussiedlerhof sagte, dass es Sternschnuppen gäbe die nächsten Tage. Perseiden, sagte einer, aber der Ludwig wusste, dass die erst im August kämen. Der Ludwig hatte ein Fernrohr und schaute lieber nach oben statt in fremden Fenstern nach nackten Frauen.

Der Ludwig wollte weg. Wollte studieren, sollte aber den Hof übernehmen, die Kühe, die Schweine, den Weizen, Mais.

Josepha saß auf dem Waldboden auf ihrer Jacke, hatte die Arme hinter sich aufgestellt und schaute nach oben. Hätte der Ludwig ins All gekonnt, wäre er schon längst weg, dachte sie und hörte Doris laut auflachen

»Die Josepha«, sagte Heinrich, ließ sich neben sie fallen, streckte ihr seine Flasche hin und Josepha nahm einen kleinen Schluck.

»Weißt du, was ich dir schon immer sagen mal wollte«, sagte der Heinrich und schubste sie in die Seite. »Du

könntest so ein hübsches Mädel sein! Aber mit den kurzen Haaren«, sagte er und schüttelte den Kopf. »Und ein bisschen weniger essen könnte auch nicht schaden. Aber sonst bist du einwandfrei.« Dann grinste er sie an und klopfte ihr auf die Schulter.
»Ach, Heinrich, du könntest so ein netter Bub sein, wenn du nicht so ein blödes Arschloch wärst«, sagte Josepha und schubste den Heinrich zurück in die Schulter, während ihm sein Grinsen wegbröselte.
Ludwig lachte leicht.
Josepha sah, dass sie angeschaut wurde, von der Huber Marlies. Die sprach sonst nicht mit Josepha, die schaute nur.
Die Marlies war eine Schöne. Mit flatternden Haaren und einem Lachen wie ein Sommersee. Mit dunkelroten Lippen wie mit einem Pinselstrich aufgemalt.
Josepha lehnte die Arme auf die Knie und schaute ins Feuer.
Bis die Marlies neben ihr stand, sagte »Ich muss mal, kommst du mit?«.
»Ich komm mit«, rief Rudi, aber die Marlies reagierte nicht, schaute nur Josepha an, bis die aufstand und mit ihr wegging vom Feuer, bis da kein Licht mehr war. Bis die anderen nur noch nachtaktive Tierstimmen waren.
Da drückte die Marlies Josepha an einen Baum und sich an Josepha, ihre Lippen auf die von Josepha, dass die die Luft anhielt, so verdutzt war sie. Die Marlies hörte auf und guckte Josepha groß an. »Hast du etwa noch nie geküsst?«
Josepha schüttelte den Kopf.

Die Marlies schaute in Josephas Gesicht herum, als hätte sie was darin verloren und könnte es nicht mehr finden. Dann lächelte sie. »Noch mal?«, fragte sie. Josepha nickte und Marlies nahm erst ihre Hände, flocht ihre Finger zwischen Josephas, dann lehnte sie sich nach vorne und Josepha spürte, wie weich die Lippen von der Huber Marlies waren.
Und die Zunge. Und alles.
Dann war ihr eigener Mund wieder leer und die Marlies stand vor ihr, grinste und sagte, »Komm, wir gehen zurück, bevor sie uns suchen«, dabei musste Josepha jetzt eigentlich selbst mal.
Die Marlies saß den Rest vom Abend beim Radio, es lief ein amerikanischer Sender mit neuer Musik und die Marlies wiegte Kopf und Körper.
Bis die Doris irgendwann nach Hause wollte und zu Josepha sagte, »Los, bring mich heim, ich hab zu viel getrunken, ich find bestimmt nicht mehr den Weg«.
Der Weg ging durch den Wald, und hinter dem Wald fing eine Wiese an und dahinter lag das Haus von Josephas Familie. Die Doris musste nur noch eine Straße weiter und umarmte Josepha, als sie vor deren Tür standen. »Den Rest schaff ich allein«, sagte sie, legte die Hand an die Stirn und salutierte, dann wankte sie weiter und sang ganz leicht ein Lied, das sie eben erst gehört hatte.
Josepha stand vor ihrer Tür und alle Lichter im Elternhaus, im Großelternhaus, alle waren aus, es war dunkel, und außerdem schuuuhuuute auch noch eine Eule.
Sie überlegte, ob sie zurück in den Wald gehen könnte

oder sollte, ob sie die Marlies noch einmal, ob sie vielleicht die Marlies nach Hause bringen sollte. Ob sie sich was ausdenken sollte, sie wär dem Jürgen begegnet, dem Bruder von der Marlies, und dass der gesagt hätte, aber dann schüttelte sie schon selbst den Kopf über sich und machte so leise, wie es ging, die Tür auf, stieg die Treppe hoch in ihr Zimmer, sachte über die zwei knarzenden Stufen, wusch sich nicht, zog sich nur aus und legte sich ins Bett bei offenem Fenster ohne Licht. Hörte die Stechmücken und draußen die Eule und hatte keine einzige Sternschnuppe gesehen.

Das mit der Marlies. Dass die Wege fand, dass die wartete, wenn sie wusste, dass Josepha gleich vorbeikommen würde. Dass sie einander immer wieder über den Weg liefen, nachts, am Abend, auf den ganzen Festen, die der restliche Sommer so bereithielt. Immer war da irgendwann die Marlies, die Josepha mit sich zog, sich vorher umschaute, ob jemand sie gesehen hatte. Und dann: das Küssen. Hinter der Kirche. Hinter dem neuen Supermarkt. Einmal an der Bushaltestelle, wo der letzte Bus schon einige Stunden abgefahren war.
Oder sie stand vor der Tür. Sagte, sie wollte noch ein wenig spazieren gehen.
Dann gingen sie in die Maisfelder vorm Stadtrand, dann legten sie sich in die Wiesen, die noch hoch standen. Lagen beieinander und küssten sich, bis die Lippen von der Marlies dunkelrot waren, und das ohne Schminke. Und als sie dann zurückgingen, waren die Wangen von der Marlies rot wie geohrfeigt.

»Ich bin jetzt deine …«, sagte die Marlies ein anderes Mal plötzlich. Da saßen sie am See und hielten die Füße ins Wasser. Sie sagte das und redete nicht weiter, schaute in den Himmel, biss sich dabei auf die Unterlippe, aber ihr fiel wohl nicht ein, was sie für Josepha sein wollte. »Ist das warm!«, sagte die Marlies. Vor ihnen lag dunkel und kühl der Waldsee. »Wollen wir schwimmen?«, fragte sie.
»Aber ich hab keine Badesachen dabei«, sagte Josepha.
Marlies kicherte und wurde rot. Dann sprang sie auf und rannte vom See weg.
Ich bin jetzt deine, dachte Josepha.
Freundin. Dachte sie. Kameradin. Liebste, dachte sie und lief selbst ganz rot an bei dem Gedanken. Sie nahm die Füße aus dem Wasser, zog die Schuhe an und ging Marlies hinterher.
»Wann hast du denn Geburtstag«, fragte Josepha, weil sie plötzlich merkte, dass sie immer nur küssten, aber sie nichts von der Marlies wusste.
»Im September, wenn der Sommer fast vorbei ist.«
Josepha nickte und schaute auf die staubige Straße, die nur ein Feldweg war.
»Und du?«, fragte Marlies.
»Mai«, antwortete Josepha.
»Wenn der Sommer grad anfängt«, sang die Marlies und riss sich einen Grashalm vom Wegrand ab.
Sie trennten sich immer kurz vor den ersten Häusern, die Marlies musste eh ans andere Ende vom Ort, ins Neubauviertel, da hatten ihre Eltern gebaut, eins von den neuen schicken Häusern.
Und Josepha ging allein nach Haus.

Die Schule war aus. Josepha hatte nach den Ferien noch ein Jahr vor sich, das hatte sie sich erbettelt, noch die 10. Klasse in der Realschule machen. Nicht nur neun Jahre.
»Arbeiten kannst du später noch genug«, hatte die Mutter ihr zugeraunt und gezwinkert.
Annemie hatte gleich gesagt, dass sie nach der 9. Klasse arbeiten gehen würde.
»Dich hat keiner gefragt«, hatte Josepha gesagt.
Aber jetzt war Sommer. Und die Marlies war etwas für Josepha, irgendwas.

»Nie seh ich dich«, sagte Doris eines Tages. »Immer bist du irgendwo, wenn ich vorbeikomm. Wo bist du denn immer?«, fragte sie.
Josepha zuckte mit den Schultern, »Wo soll ich schon sein? Paris. Auf dem Mond. Beim Bäcker.«
»Ha, ha«, machte Doris und Josepha kicherte vorsichtig.
»Der Uwe will mich nicht«, sagte Doris und lehnte sich bei Josepha an.
»Klar will der dich«, sagte Josepha automatisch und schaute zur Bundesstraße, wo gerade der Bus aus der Kreisstadt ankam und Männer aus dem Schichtdienst auf den Gehweg spuckte.
Der Bus blieb stehen, und vielleicht schlug der Busfahrer eine plattgesessene Zeitung auf, steckte sich eine Zigarette an, öffnete das Fenster und hatte den Motor ausgestellt. In einer Viertelstunde würde der Bus wieder zurückfahren bis in die Stadt.

Wir sind hier die Endstation, dachte Josepha und überlegte, ob sie das zu Doris sagen sollte.
Noch weiter weg wohnt keiner.
»Vielleicht am Wochenende«, sagte Doris in Richtung Bundesstraße und sah den Bus nicht.
Josepha fragte nicht, was am Wochenende. Es war Dienstag, das Wochenende war noch Zukunftsmusik, leise. Am Wochenende geschah nichts, kein Fest, keine Kirchweih, kein Tanz.
»Wir könnten die Räder nehmen …«, sagte Doris, ins nächste Dorf, in die nächste kleine Stadt, durch Feldwege im Dunkeln, was die Mutter von der Doris nicht erlauben würde, und der Vater erst recht nicht. »Wir sollten Verehrer haben, die uns abholen. Mit Mopeds. Oder Autos.«
»Mit Raumschiffen«, sagte Josepha.
Doris schnaufte »Kannst du nicht einmal … anders sein?«.
»Wie denn?«
Doris hatte sich aufgesetzt, schob mit vorsichtigen Fingern ihre Haare zurecht, »Nicht so … kindisch.«
Josepha grinste. »Das macht doch keinen Spaß«, sagte sie.
Wieder schnaufte Doris. »Mensch!«, sagte sie.
Josepha riss einen Grashalm ab und steckte ihn sich zwischen die Zähne. »Am Wochenende«, sagte sie, »da gehen wir aus, da machen wir ein Fass auf, da verdrehst du dem Uwe den Kopf, dass der nicht mehr weiß, wo oben oder unten ist, dann heiratet ihr und bekommt einen Haufen Kinder.«

Doris seufzte. »Das wär so schön«, sagte sie und lehnte sich wieder an Josephas Schulter.
Aber erst war Sommer, und als der vorbeiging, war die Doris nicht mit dem Uwe zusammen, aber der Klaus hatte sie schon einmal im Auto mitgenommen.
Der Klaus war älter, der arbeitete und verdiente auch Geld, mit dem er sich ein Auto und auch Benzin leisten konnte.
Josepha fragte nicht, was denn nun mit dem Uwe sei, ob der abgeschrieben wäre. Sie saß dabei, wenn die Doris von ganz allein wieder und wieder Klaus und Uwe auf die Waagschalen warf, Für und Wider der beiden durchkaute, viel seufzte.
Josepha saß am Fenster und merkte, dass sie Gänsehaut an den Armen hatte. Sie sprang vom Fensterbrett und ging an den Schrank, holte einen Pullover heraus und zog ihn sich über.
Da hielt Doris inne, seufzte wieder zu Josepha hin und sagte »Der Sommer ist vorbei«.
Die Feste waren vorbei, die Treffen am See, im Wald, auf den Feldern. Das Küssen.
Josepha hielt Ausschau nach der Marlies. Das konnte doch nicht sein, so groß war der Ort nicht, hier lief man sich doch immer über den Weg, hier konnte man nicht über die Straße laufen, ohne drei Leuten zu begegnen!
Aber weit und breit keine Marlies.
Josepha biss sich die Fingernägel kurz und kürzer, bis die Mutter den Kopf schüttelte.
Bis sogar Doris guckte und den Mund verzog.

Dann setzte sich Josepha auf ihre Hände, aber die Unruhe blieb.
Als wäre das alles nicht passiert.
Als wäre es ein Fiebertraum gewesen. Im Sommer. Eine Fata Morgana. Der Hitze geschuldet.
Marlies ging auf eine andere Schule und war eh ein Schuljahr unter Josepha.
Josepha dachte nach, wann das letzte Mal gewesen war, dass sie Marlies gesehen hatte. Ein Spaziergang. Wie immer. War denn was anders gewesen? Hatte sie was Falsches gesagt? Hatten sie Streit gehabt und sie hatte es nicht bemerkt?
Und dann war die Doris mit Klaus verabredet, richtig offiziell. Mit Blumenstrauß hatte er bei ihr vor der Tür gestanden und sie gefragt, ob sie am Wochenende mit ihm in die Stadt tanzen gehen würde, dass sogar die Mutter von Doris die Hände an die Brust legte und nickte, als Doris fragte »Mama, darf ich?«.
Danach war es also offiziell, dass Doris nun mit dem Klaus zusammen war und der Uwe daraufhin auch nicht mehr erwähnt wurde, gar keine Rolle mehr spielte.
Herrlich war es gewesen, in so einem Schuppen waren sie, »Das glaubst du nicht, so schick alle, und die Musik«, und wie viel sie getanzt hätte, und dann in einem Nebensatz, das Kleid, das hätte sie sich von der Marlies ausleihen dürfen, das hätte ihr so gut gefallen. Wie nett von der Marlies, die das doch selbst genäht hätte.
»Was hast du denn mit der Marlies zu tun?«, fragte Josepha da.
Doris schaute sie verwirrt an und Josepha dachte an alles

auf einmal und hoffte nur, dass ihr Gesicht sie nicht verriet.
»Die war doch mit. Sie und der Ludwig. Hab ich dir doch schon längst erzählt.«
Hast du nicht, dachte Josepha.
Mit dem Ludwig, dachte sie.
»Mit dem Ludwig?«, fragte sie jetzt laut.
»Die wollten noch woandershin, die sind nur in die Stadt mitgekommen, weil der Ludwig kein Auto hat.«
Mit dem Ludwig, dachte Josepha.
»Die sind doch verlobt«, sagte Doris und schaute dann Josepha fassungslos an, als die laut losprustete.
»Das ist ein Witz, oder?«, fragte sie und wischte sich eine Lachträne aus dem Augenwinkel.
»Nein, wieso?«, sagte Doris und fragte, was daran so witzig sei.
»Alles«, sagte Josepha und schüttelte den Kopf.
Überhaupt, dachte sie, dass erstens der Ludwig, der ja so gar nichts an sich hatte, was … selbst in Gedanken konnte Josepha nicht erklären, was es war. Der hatte doch den Kopf buchstäblich in den Wolken, im Himmel, in den Sternen. Was interessierte der sich für Mädchen und vor allem Verlobungen und all den Schmarrn?
Und eben: Marlies.
»Wo die Liebe hinfällt«, seufzte Doris, und Josepha ergänzte: »Da wächst kein Gras mehr.«
»Haha«, kam von Doris.
Aber die war ja jetzt eh beschäftigt mit Klaus und machte selbst schon Pläne.

Josepha ließ es drauf ankommen, sie ging bei Marlies vorbei, als sie sicher war, dass deren Eltern nicht daheim waren, dann klingelte sie Sturm.
Marlies öffnete und tat überrascht, dann beschäftigt. »Ich hab jetzt keine Zeit«, sagte sie, und Josepha stellte einen Fuß in den Flur, sagte »Hochzeitsplanung?«.
Marlies verdrehte die Augen, guckte dann schnell nach draußen, ob wer guckte, dann zog sie Josepha ins Haus.
Wie sie so voreinanderstanden, ganz nah, da grinste Josepha. Marlies tat einen Schritt zurück, noch einen, stand dann an der Flurwand und verschränkte die Arme.
»Was ist?«, fragte sie.
»Was soll sein, gratulieren wollte ich zur anstehenden Vermählung. Warum so plötzlich, es wird doch wohl kein Kind unterwegs sein?«
Marlies rollte laut mit den Augen.
»Nicht du auch noch.«
»Du bist also nicht in froher Erwartung?«, fragte Josepha.
»Nein!«, blaffte Marlies sie an. »Und ich bin dir auch keine Auskunft schuldig! Über nichts!«
Josepha hob die Hände, Marlies hatte zwei Zornesfalten zwischen den Augenbrauen.
Sie hat ja recht, dachte Josepha. Wir schulden uns nichts. Aber ich hätte es schon gerne von ihr gehört.
Josepha atmete laut ein und aus, sah sich um im Flur, wo sie zum ersten Mal stand, sagte »Schön habt ihr's hier«. Pfiff fast tonlos durch die Zähne und dann schaute sie Marlies an, die da stand und verlobt war, mit dem

Ludwig, die zu feige gewesen war, das zu erzählen, zu erklären, die ihr stattdessen aus dem Weg gegangen war. Dann legte sie zwei Finger an die Schläfe, öffnete die Haustür, »Alles Gute«, sagte sie und ging.
Sie lief einen Umweg, durch die Felder, über die Felder, setzte sich an ein Rinnsal, das da floss, das man nicht mal Bach nennen konnte, da saß sie und fluchte.
Als sie fertig war mit Fluchen, fragte sie sich, ob sie traurig war. Ob sie weinen wollte. Ob das jetzt Liebeskummer sei, und ob das vorher Liebe oder Verliebtsein gewesen war.
Josepha rief in sich rein und hörte nichts.
War da Scham? Nein. Nur eben eine Wut, die sich nicht greifen, festhalten und zerknüllen ließ. Worauf bin ich denn jetzt so stinkig?, fragte sie sich. Wenn das keine Liebe war. Freundschaft? Sie zuckte mit den Schultern. Hatte sie Angst, dass die Marlies jetzt rumerzählen würde, was da war im Sommer? Auch nicht.
Josepha sah sich um, meilenweit war da niemand, dann brummte sie: »Dann heiratet doch alle und bekommt Kinder und baut Häuser und geht von der Schule und bleibt allesamt hier sitzen in eurem eigenen Mief. Macht euch bloß keine eigenen Gedanken. Schön abgesteckt alles.«
Und Josepha wusste: heiraten würde sie nicht, Kinder kriegen nicht. Männer küssen wollte sie auch nicht.
Josepha stand im Freien und wollte Wände eintreten.

Liebe Tante Heidi, schrieb Josepha. Was schreib ich denn jetzt?, dachte sie und kaute leicht auf dem Ende vom Stift rum. Hol mich hier raus, klang theoretisch schon richtig, aber auch ein bisschen dramatisch. Ich bin anders als die anderen. Ich werde hier nicht glücklich. Ich stell mir das alles anders vor, ich weiß bloß noch nicht genau, wie. Ich will von hier weg.

Das reicht nicht, dachte Josepha.

Also schrieb sie, dass sie gerade die zehnte Klasse besuchte, dass sie aber danach noch gerne weiter lernen würde. Aber wie schwierig das sei auf dem Land, *das kannst Du sicher verstehen.*

Die Heidi war ja selbst in die Stadt gegangen. *Meinst Du, es wäre möglich*, schrieb Josepha und versprach alles, wie man es in Stoßgebeten an den lieben Gott tut. *Wenn Du mir hilfst, werde ich so gut sein, ich helf Dir bei allem, das Putzen übernehm ich, das Kochen, Einkaufen*, dann überlegte sie, was ihr an Fähigkeiten noch so zur Verfügung stand, aber ihr fiel nichts mehr ein.

Ich werde Dir für immer dankbar sein. Und dachte, das reicht nicht aus, wenn die Heidi hilft, dann muss man ihr ein Denkmal errichten. Bitte, bitte, bitte, dachte Josepha, eine nicht enden wollende Melodie, deren einzige Noten bitte waren.

Dein Patenkind Josepha.

Josepha las alles durch, dachte, besser geht es nicht, und wer nicht fragt, der bleibt am Arsch der Welt kleben, und dann faltete sie den Brief, steckte ihn ins Kuvert und brachte ihn schnell zur Post, bevor sie der Mut verließ.

Ab da wartete sie.

Den Anruf bekam Josepha nicht mit, der kam nach ein paar Tagen. Der war auch gar nicht für sie, sondern für die Mutter. Aber dann am Wochenende drauf knatterte der Wagen von der Heidi in die Straße und ließ alle wissen, dass hier wer Fremdes ankam.
Josepha kaute an ihren Fingergelenken rum, weil sie nicht mehr an den Fingernägeln kauen wollte, sah vom Fenster ihres Zimmers nach draußen, wie die Heidi mit klimpernden Schritten zur Tür ging, nach oben zu Josepha schaute und dann winkte.
Josepha kam runter, stand hinter der Mutter und neben Annemie, die dachte, die Heidi sei auch wegen ihr da. Die Patentante von der Annemie war eine alte Großtante über 80, die im Nachbardorf lebte und die für Annemie bei Weitem nicht so spannend war wie eine Tante Heidi aus der Stadt, die im eigenen Wagen anbrauste und Hosen trug. Und kurze Haare hatte.
Heidi nickte der Mutter zu, übersah die Schwester und sah dann Josepha, sah sie einmal von oben bis unten an und zurück und grinste breit. »Fesch schaust aus!«, sagte sie zu Josepha und unterbrach die Mutter in ihrem Begrüßungsgefloskele, dem Wie-war-die-Fahrt, Die-Straßen-sind-ja-so-schlecht-hier und Hast-du-es-auch-gut-gefunden, Wann-warst-du-denn-das-letzte-Mal-hier, da hinein das Grinsen und dass die Josepha fesch ausschaute.
Und ab da hatte Josepha ein gutes Gefühl. In ihrem Bauch war plötzlich ein Summen, alles wird gut, dachte sie und nahm Heidi ihre Jacke ab und hängte sie an die Garderobe.

Es gab Kuchen und Kaffee, dann wurden die Kinder nach draußen geschickt und Annemie schmollte, aber dann streckte sie Josepha die Zunge raus, »Du bist auch ein Kind!«, und stampfte in ihr Zimmer. Das Summen in Josepha wurde laut und sie ging raus, vor die Tür, und setzte sich auf die Gartenmauer. Und eigentlich war es Herbst, aber der Sommer seufzte heute noch einmal laut, mit sanftem Licht, mit verwirrten Insekten und trägen Blüten im Garten. Josepha sah alles einmal an und wurde selbst butterweich, dann schloss sie die Augen.

Die Heidi war gut. Die wusste, was man sagen musste, damit das Gegenüber (Josephas Mutter) am Ende dachte, das sei alles ihre eigene Idee gewesen. Dass es für Josepha besser wäre in der Stadt aufs Gymnasium zu gehen, jetzt schon, damit der Übergang in die Oberstufe leichter gelingen würde.
Und die Mutter dachte auch, dass es ihr Einfall gewesen wäre, dass sie selbst Heidi gebeten hätte, Josepha für die Jahre bis zum Abitur aufzunehmen.
Und wie großherzig von der Heidi, dass sie das auf sich nahm.
»Sie ist doch auch mein Patenkind«, sagte die Heidi und Josephas Mama legte eine Hand auf die Brust und nickte dankbar.
Und dann war alles gut.

kaija

10. Die Tante sucht. Jeden Nachmittag schnappt sich die Tante Kaija und dann müssen sie laufen. This is my life now, denkt Kaija. Morgens die Schule, die sie überlebt. Jeden Tag überlebt sie. Stirbt nicht. Und dann nach der Schule, die Tante, die da steht wie eine Erscheinung, die sagt »Können wir?«. Ab dem zweiten Tag sagt sie das zu Kaija. Keine weiteren Fragen, ob Kaija kann, nach Hausaufgaben, denn das könnte ja sein, dass sie was für die Schule zu tun hat, oder überhaupt, ob sie denn Lust hat?

»Wer viel fragt, geht viel irr«, sagt die Tante.

Kaija nimmt das Handy mit, nimmt Wasser mit, für Notfälle. Nichts erklärt die Tante, wenn sie stehen bleibt, wenn sie schaut, wenn sie den Kopf schüttelt. Wenn sie an einer Ecke stehen bleibt und sich umguckt und vielleicht nicht mehr weiterweiß, sich wundert, was weiß denn Kaija, denn die Tante sagt ja kein Wort, was sie will, was sie sucht.

Am dritten Nachmittag kommt ihnen Emily entgegen, winkt, sagt »Hey, Kaija, ich wollte gerade bei dir …«, aber da zieht die Tante an ihr vorbei (wie ein D-Zug, sagt keiner). Emily guckt nicht lange und hängt sich dran. Sagt, wer sie ist. »Hallo, ich bin Emily«, flötet sie. Die Tante knurrt.

Kaija zuckt mit den Schultern. »Sorry.«
Die Tante wird jeden Tag schneller, merkt Kaija. Muss nicht mehr so oft verschnaufen. Die Pausen werden kürzer.
»Wohin gehen wir denn?«, fragt Emily.
»Weiß der Geier«, sagt Kaija.
»Ich bin der Geier!«, sagt die Tante, weil die ALLES hört. Taub ist sie nicht.
Emily lacht. Sie schubst Kaija in die Seite. »Aventure!«, sagt sie.
Kaija rollt mit den Augen. Bald sollten sie durch sein. So groß ist das doch hier nicht, denkt sie. Ist das überhaupt eine Stadt?
»Ist das hier überhaupt eine Stadt?«, fragt sie.
»Wow, snob much?«, schnaubt Emily.
»Oh! So hab ich das nicht gemeint«, sagt Kaija.
»Hat sie doch«, sagt die Tante und beugt sich zu einem Briefkasten.
»Sorry. Ab wie vielen Einwohnern ist das denn eine Stadt?«, fragt Kaija.
»Das hier ist eine«, sagt Emily.
Kaija beißt sich auf die Lippe.
Sei still, sei einfach still, nichts weißt du, du bist so peinlich.
»Aaah!«, entfährt es ihr und die Tante guckt hoch.
»Alles okay?«, fragt Emily.
Kaija schüttelt den Kopf und winkt ab.
Die Tante geht weiter.
»Kann ich Ihnen irgendwie helfen, suchen Sie was Bestimmtes?«, fragt Emily die Tante. Kaija kichert.

»Josepha«, sagt die Tante.
»Sie suchen Josepha?«
»ICH heiße Josepha. Ich halte nichts von Siezen als Respektbekundung.«
»Alright«, sagt Emily.
»Du musst wirklich nicht mitkommen«, raunt Kaija ihr zu.
»Deine Tante ist voll die mood, ey«, sagt Emily. »DIE mood, oder?«
Sie zucken mit den Schultern, schauen sich an und grinsen.
Dann rennen sie in die Tante.
Die schaut sich um.
»Willst du dich setzen?«, fragt Kaija.
Die Tante nickt.
»Hier«, sagt Emily und winkt sie hinter sich her.
Die Bank steht neben einem Eissalon und gegenüber von einem Friseur.
Kaija denkt, den gab es bestimmt damals auch schon, als die Tante noch hier gewohnt hat.
»Du sollst doch nicht so laut denken!«, raunzt die Tante.
»Mann!«, sagt Kaija. »Selber!«, und die Tante kichert.
Emily lächelt und guckt von Kaija zu Josepha.
»Sie hat hier auch mal gewohnt«, sagt Kaija zu Emily.
»Oh, wow!«, sagt Emily.
»Wow«, sagt die Tante und hebt unenthusiastisch einen Daumen nach oben. Schaut die Straße runter.
»Wo denn?«
»Wo ich halt wohne.«

»Oh, WOW!«
Die Tante dreht den Kopf zu Emily, die einen Kicheranfall kriegt. »Ich schwör, ich bin sonst echt eloquenter! Wirklich! Ich kann mich ausdrücken!«
Josepha winkt ab.
»Haben Sie, hast du denn noch Leute hier?«
Josepha schweigt. Kaija guckt Emily laut an.
»Soll ich mal rumfragen?«, fragt Emily.
»Nein«, sagt Josepha.
»Meine Tante hat so eine Gruppe«, sagt Emily.
»Gottbewahre!«
Kaija hält der Tante die Wasserflasche hin, Josepha nimmt sie und trinkt. Gibt ihr die Flasche zurück. »Kind, komm, wir gehen nach Hause! Los«, sagt sie.
Emily läuft langsam hinterher.
»Soll ich heimgehen?«, fragt sie Kaija.
»Nein, du sollst nicht heimgehen, aber ich muss heimgehen, weil ich genug gelaufen bin! Du kannst gerne mitkommen und meiner Nichte und ihrem Mann Fragen stellen. Die LIEBEN das! Und bestimmt gibt es auch bald Essen.«
Emily guckt ein bisschen verzweifelt zwischen der Tante und Kaija hin und her.
Josepha hält an. »Komm mit. Ich bell nur. Ich beiß nicht.«
Emily nickt und geht mit Kaija und Josepha nach Hause.

Happy Dad. Schau, meine Familie. Meine Frau, mein Kind. Schau, mein Kind hat eine Freundin. She made a friend. How nice.
Und wie die Tante sich erholt. Genauso soll es sein.
Kaija schaut Papa an, das Lächeln, das schon fast ein Grinsen ist, der nicht aufhören kann sich zu freuen. Wie er in der Küche hin- und herwuselt.
»Hi!«, sagt er zu Emily. »Thomas!«, sagt er.
You can say you to me. Haha. Kaija knirscht mit den Zähnen.
Mama, die Emily anschaut, als müsste sie überlegen.
Dann Papa, »Habt ihr Hunger, ich mach schnell was«, und Mama, und die Tante, und Emily, muss die nicht zu Hause anrufen, ja?
Kaija sieht, wie Mama sich aufrechter hinsetzt, als Emily wählt, wartet, spricht, sagt, dass sie woanders zu Abend isst, dass sie spätestens um zehn zu Hause ist. »Okay, halb zehn.«
Emily lacht und legt auf. Mama guckt sie an. Immer noch.
»Du bist einfach so vorbeigekommen«, fällt Kaija jetzt erst auf. Und dass das schon das zweite Mal war, dass Emily einfach so vorbeikommt. Papa schiebt ihr ein Schneidebrett hin, mit Messer und Zucchini. Kaija beginnt die Zucchini zu schneiden.
Emily guckt sie an und versteht nicht.
»Du hast nicht geschrieben, dass du vorbeikommst!«
Kaijas Finger schneiden automatisch die Zucchini in Würfelchen.
»Nee«, sagt Emily.

»Und wenn ich nicht da gewesen wäre?« Papa stellt Kaija eine Schüssel für die Zucchiniwürfel hin. Daneben drei Paprika.
»Dann wärst du nicht da gewesen.« Emily zuckt mit den Schultern und guckt sie fragend an.
Das ist jetzt so, denkt Kaija. Hier kommt man einfach vorbei. Weird.
»Jedenfalls hat meine Tante diese Gruppe«, sagt Emily wieder und dreht sich zu Josepha.
»Eva?«, fragt Mama plötzlich. Sie ist aufgestanden, steht mitten in der Küche zwischen dem Tisch und Papa, der am Herd steht.
»Tessi«, sagt Emily.
Mama lächelt. Sie holt Luft, sagt leise »Tessi«, schüttelt leicht den Kopf. Dann legt sie eine Hand auf Papas Schulter.
»Strickfrauen, was?«, sagt Josepha und schnaubt.
»Nein«, sagt Emily.
Kaija steht auf, holt noch ein Schneidebrett, ein Messer und legt beides vor der Tante ab. Reicht ihr eine Paprika. Die Tante hebt die Augenbrauen.
Kaija macht eine Kopfbewegung und schnippelt weiter.
»Oder etwa Landfrauen?«, sagt die Tante und greift nach dem Messer.
»LandFLINTA«, nuschelt Emily.
»Oh«, sagt Papa. Er dreht sich um und setzt sich dazu. »DAS wäre doch was für …«
»NEIN«, sagt die Tante und deutet mit dem Messer in der Hand in seine Richtung.

»Das weißt du doch nicht!«, sagt Papa vorsichtig.
»Du weißt das noch viel weniger!«, schnaubt sie. Sie starrt ihn eine Sekunde länger an, dann macht sie sich an die Paprika. »Du musst mal aufhören für alle Lösungen zu suchen, Junge!«
Papa lacht falsch und Kaija guckt hoch.
»Gibt es dafür nicht einen Begriff?«, fragt die Tante und guckt ihn nicht mal mehr an. Kaija fragt sich, ob man fürs Gemüseschneiden eine Lesebrille braucht.
»Für was?«, fragt Papa.
»Hier kocht was«, sagt Mama und er steht auf, aber er schaut weiter die Tante an.
Die seufzt.
»Manche Dinge muss man auch einfach aushalten«, sagt die Tante leise und schneidet zu jedem Wort ein Stück Paprika ab.
»I'm just trying to help«, sagt Papa und geht zum Herd.
»Jaja«, motzt die Tante und ist fertig mit der Paprika, schiebt sie Kaija rüber. »Und du?«, sie nickt zu Emily, »mach dich mal nützlich!«
Kaija guckt Emily an und schüttelt den Kopf. Papa macht Musik an. Kaija ist still. Sie schneidet, was zu schneiden ist, dann gibt sie Papa alles rüber, und der kocht. Mama steht neben ihm an der Spüle und wäscht ab. Kaija merkt, dass Emily sie anstarrt. Als Kaija sie anguckt, sagt Emily: »Magst du mir mal dein Zimmer zeigen?«

»Tada«, sagt Kaija leise, als sie in der Tür steht, als Emily an ihr vorbei ins Zimmer geht. Sie schaut sich um, als wäre sie in einem Museum, wo man nichts anfassen darf.

»Du bist so ordentlich«, sagt Emily.

Kaija wird rot.

Bin ich gar nicht. Bin ich doch.

»Ich hab nicht so viele Sachen«, murmelt sie.

Emily lächelt, guckt Kaija an, sagt »Fertig mit Gucken. Danke«.

Die findet das scheiße hier.

Kaija verzieht das Gesicht.

»Alles okay?«, fragt Emily.

Kaija atmet fest aus.

»Kennst du das?«, fragt sie irgendwann. Emily wartet.

»Diese Stimmen? Also … diese Gedanken …«

»Arschlochgedanken?«, fragt Emily.

»Vielleicht.« Kaija zieht ihre Bettdecke gerade.

»Ja, kenn ich«, sagt Emily.

Kaija nickt.

»ESSEN!«, ruft die Tante von unten.

»Essen! YAY!«, juchzt Emily und hüpft an Kaija vorbei, die Treppe runter.

»Kaija hat noch gar nicht erzählt, warum Sie eigentlich hergezogen sind«, sagt Emily, da gibt Mama ihr gerade Nudeln auf den Teller.

»Wegen mir«, sagt die Tante. »Ich bin schuld.«

Papa setzt sich an den Tisch und schweigt.

Josepha guckt ihn an. »Bist du jetzt sauer wegen eben?«

»Nein«, sagt Papa, wie ein Fünfjähriger, denkt Kaija. Sie guckt die Tante an, ob die weitererzählt.
»Musst du auch nicht erklären«, sagt Emily.
»Ist kein Geheimnis. Mein Körper hat sich quergestellt und jetzt … geht nichts mehr so, wie es früher ging.«
Josepha brummt und stochert in ihrem Essen rum.
»Hier gibt es gute Ärzte. Und hier haben wir alle Platz«, sagt Mama.
»Und die gute Landluft!«, sagt Papa.
Josepha schnaubt. Mama nickt ihrem Essen zu. Papa lächelt in die Runde und findet kein Echo.
»Und haben Sie … sorry, also, darf ich du sagen oder ist das doof, weil Sie doch Lehrerin bei uns an der Schule sind und falls ich Sie dann mal im Unterricht hab, also, darf man das?« Emily guckt Mama groß an.
Mama schluckt runter, was sie eben noch im Mund hatte. »Ja klar. Ruth heiß ich.«
»Weiß ich doch«, sagt Emily.
Sie stopft sich den Mund voll und kaut und schaut dabei an die Decke. »Gute Musik«, sagt sie und wippt im Takt, dann dreht sie sich zu Kaija »Ach, und wenn ich nicht einfach unangemeldet hier aufschlagen soll, ist das auch okay. Macht der Gewohnheit.«
Kaija nickt »Alles klar«.
»Und eigentlich könntest du mich jetzt nach meiner Mutter ausfragen, weil ihr ja, glaub ich, keinen Kontakt mehr habt, aber ich hab nachgedacht und ich glaube, ihr solltet das unter euch ausmachen. Aber wenn du ihre Nummer haben willst, geb ich sie dir gerne. Soll ich jetzt?«
Kaija kichert. Mama sagt nur »Öhm«.

Da steht Kaija auf, geht Mamas Handy holen, entsperrt es und macht das Adressbuch auf. »Los, sag«, sagt sie, und Emily diktiert.

Kaija bringt Emily noch bis zur nächsten Straßenecke. »Du kannst einfach vorbeikommen. Du musst nicht vorher anrufen oder so.«
Emily grinst und nickt. »Cool. Du kannst auch einfach bei mir vorbeikommen.«
»Cool«, sagt Kaija und grinst auch.
Emily geht und Kaija schaut ihr nach.
Dann läuft sie langsam die wenigen Schritte zurück bis zu ihrem Haus. Sie setzt sich auf die niedrige Mauer, die um den Vorgarten geht.
»Die Arschlochgedanken sind Stimmen«, sagt Kaija leise, dabei hört Emily sie gar nicht mehr. »Die haben Namen.« Kaija nimmt sich ein Blatt von einem Strauch und streicht mit dem Daumen über die Oberfläche. »Die waren mal meine Freunde.«
Kaija schaut die Straße rauf und runter, aber da ist niemand, da ist Feierabend und Sonnenuntergang. »Und ich glaub, wir sind auch wegen mir hierhergezogen.«
Kaija atmet fest aus. Sie legt das Blatt auf die Mauer. Dann steht sie auf und geht ins Haus.

11.

»Sämtliche Angaben sind ohne Gewähr und höchst subjektiv«, sagt Lena. Sie sitzen auf den Treppen vor dem Rathaus. Emily isst ein Eis und schaut von unten Lena an und grinst.
»Der Dude aus der ersten Reihe?«, fragt Kaija.
»Den du vom Stuhl geschubst hast?«, fragt Lena und Emily lacht.
»Moi?«, fragt Kaija.
»Gewalt ist keine Lösung!«, sagt Emily, als sie sich wieder einkriegt.
»Der Julius hält das aus«, winkt Lena ab. »Unkraut vergeht nicht.«
Emily macht Würggeräusche und etwas in Kaija quetscht ihr Herz zusammen.
Emily schaut sie von der Seite an und hört auf.
Lena guckt von Kaija zu Emily. »Was hab ich verpasst?«
Kaija winkt ab. Emily steckt sich die restliche Eiswaffel in den Mund.
Lena legt den Kopf schräg. Dann reißt sie den Kopf nach oben. »Oh! Oh wow! Regen!«
Sie juchzt.
Dann schreit sie, weil der Regen stärker wird.
Kaija und Emily springen auf und Emily rennt vor. »Los! Wir gehen zu mir!«

Kaija und Lena laufen ihr hinterher. Dicke Regentropfen ballern auf den trockenen Boden.
»Wie das riecht!«, lacht Lena Kaija zu. Die grinst Lena an und springt auf den Bürgersteig.
Emily bleibt an einem großen Tor stehen. Sie drückt die Klinke runter und stemmt sich gegen die Tür. Es quietscht und knarzt und Lena ruft »Beeil dich mal«.
Drinnen ist ein großer Hof mit Kopfsteinpflaster und einer Trauerweide, da stehen zwei Autos und Kaija sieht eine schwarze Katze unter einem der Autos.
»Fritzi!«, ruft Emily, »Fritzi, komm!«
Die Katze maunzt, bewegt sich aber nicht. Emily bückt sich, greift unter den Wagen und zieht das Tier hervor.
Lena ist schon weitergelaufen und steht an der Eingangstür.
Kaija schaut an dem Gebäude hoch. »Ist das ein Schloss?«, fragt sie Lena.
»Jap«, sagt Lena. »Geil, oder?«
»Schlösschen!«, sagt Emily und schiebt die beiden beiseite, um die Haustür aufzuschließen.
»Rein in die gute Stube!«
Kaija steht im Flur. Emily gibt der Katze einen Kuss auf den Kopf, dann setzt sie sie auf den Boden.
»Shit. Bist du gegen Katzen allergisch?«, fragt Emily und starrt Kaija an.
»Nö. Alles fein«, sagt sie.
Emily wischt sich unsichtbaren Schweiß von der Stirn, »Puh«.
»Weißt du noch, meine Cousine damals?«, fragt Lena und schubst Emily in die Seite.

»Die hat euch seitdem auch nicht mehr besucht, oder?«, fragt Emily.
Lena zuckt mit den Schultern. »Der war es hier auch zu langweilig.«
Kaija schaut und guckt.
»Wir sind nicht so ordentlich«, sagt Emily.
»Was, wieso ordentlich?«, fragt Kaija und sieht aus dem Augenwinkel eine rote Katze über den Flur huschen.
»Wie viele Katzen habt ihr denn?«, fragt sie.
Emily kichert und zuckt mit den Schultern »Mal sehen, wie viele du heute siehst.«
Lena geht vor. Kaija hört Stimmen, langsam geht sie Lena nach. Die Stimmen werden lauter.
Kaija schaut Emily fragend an.
»Komm, ich stell dich vor.«
Emily schubst sie in die Küche. Mitten im Raum steht ein langer Tisch. Tafel, denkt Kaija. Eine Frau hebt die rote Katze vom Tisch »Helga, nein!«, sagt sie zu der Katze. Die Katze maunzt empört zurück.
Die Frau schaut hoch und sieht Kaija. »Oh mein Gott, Ruth!« Die Katze rutscht oder springt ihr vom Arm und hüpft gleich wieder auf den Tisch.
»Oma, das ist Kaija«, sagt Emily.
Die Frau hat Emilys Haare, aber in Schneeweiß. Sie starrt Kaija mit offenem Mund an.
»Hallo«, sagt Kaija.
»Die Tochter, Oma!«, sagt Emily. Sie streichelt die rote Katze.
»Und ihr seid gleich alt?«, sagt die Frau.
»So siehts aus«, sagt Emily.

Ihre Großmutter wuschelt ihr durch die Haare. »Freches Ding, du! Mach mal Kaffee.«
»Wir sind noch im Wachstum, Oma, wir dürfen keinen Kaffee trinken!«, sagt Emily.
Lena hat sich an den Tisch gesetzt und die Katze auf ihren Schoß gezogen. Dann fragt sie Kaija »Habt ihr Haustiere?«.
»Nee. Wir hatten in unserem Haus nur Fische und Hamster und so«, sagt Kaija. »Also vorher«, sagt sie leiser.
»Da wo du gewohnt hast?«
Kaija nickt.
»War das ein Mehrfamilienhaus?«, fragt Emily und füllt Wasser in einen Wasserkocher.
»So ein … Wohnprojekt«, sagt Kaija.
»Setz dich doch!«, sagt jetzt Emilys Großmutter.
»Oma, stell du dich doch mal vor«, sagt Emily mit dem Rücken zu ihr.
»Ich bin die Großmutter«, sagt die Frau.
»Ist nicht wahr!«, ruft Emily vom Spülbecken.
»Was?«, fragt die Großmutter.
Jemand kommt in die Küche, ihr rennt eine getigerte Katze hinterher und jammert.
»Hey, Kiddo«, sagt die Frau. Sie drückt Emily, dann dreht sie sich zu der Katze. »Du hast gegessen! Du bekommst nichts mehr! Vergiss es, Dicker!«
Kaija hat Emilys Mutter nur ein Mal gesehen, aber die Frau, die jetzt vor ihr steht, sieht fast genauso aus. Nur anders. Und jünger. Hat hellere Haare. Ist gepierct. Hat Sommersprossen wie Emily.
»Hey! Du bist gar nicht Ruth!«, ruft sie, als sie Kaija sieht,

und schlägt sich die Hände vor den Mund. »Ich bin Tessi, die eine Tante von Emily!«
»Kaija«, sagt Kaija und hebt die Hand.
»Oma!«, schimpft Emily und stampft auf.
»Was?«, fragt die.
»Stell! Dich! Vor!«
»Ist ja gut!« Sie dreht sich zu Kaija und hält ihr die Hand hin. »Lilo.«
Emily rollt mit den Augen, sagt »Bitte, geht doch« und nimmt eine Kaffeepresse von einem Regal.
Kaija grinst. Sie setzt sich auf die Bank, gegenüber von Lena. Lena streichelt die Katze und hat sie fest im Arm.
»Ich hätte sooo gerne eine Katze, aber ich darf nicht, weil mein dämlicher Bruder allergisch ist, und weil er verdammt noch mal nicht auszieht, dabei ist der fucking 20 Jahre alt.«
Die Katze maunzt. »Ich weiß!«, sagt Lena zu ihr.
»Darf ich Sina ein Foto von dir schicken?«, fragt Tessi Kaija.
»Mama hat Kaija schon gesehen.«
»Und Eva?«, fragt Tessi.
»Ich glaub nicht«, sagt Emily und gießt Wasser in die Kaffeepresse.
»Darf ich?«, fragt Tessi wieder und hat schon ihr Handy in der Hand.
»Okay?«, sagt Kaija und zuckt mit den Schultern.
»Lächeln!«, sagt Tessi, »wenn du willst!« Es macht klick.
Tessi kichert und tanzt auf der Stelle. »Geil. Send.« Das Handy macht ein swoosh-Geräusch.

»Mach doch mal deine Geräusche aus«, sagt Emily.
»Ich finde das so urkomisch, dass ihr beide gleich alt seid. Ohne Absprache«, sagt da Emilys Oma und etwas springt neben Kaija auf die Bank. Eine graue Katze.
»Miss China«, sagt Tessi und nickt zu der Katze. »Eine ganz alte Lady.«
Sie klettert Kaija auf den Schoß und drückt ihr den Kopf in den Arm.
»Oh, wow«, sagt jemand leise und dann sind alle still.
Kaija streichelt der Katze über den knöchernen Rücken. Ganz dünn ist die. Ganz langsam setzt sie sich auf Kaijas Schoß, dann legt sie sich hin.
»Ich hoffe, du warst vorher auf Klo«, sagt Lena.
This is my life now, denkt Kaija.
Die Katze macht die Augen zu.

»Was machst du am Wochenende? Wilde Sachen?«, fragt Emily, da sitzen sie in ihrem Zimmer, wo Fritzi auf dem Bett liegt wie ein katzenförmiger Riss im Universum.
»Richtig wild«, sagt Kaija. »Nichts. Und du?«
»Ich fahr zu meinem Vater.« Emily rollt mit ihren Augen und lässt sich auf ihr Bett neben den Kater fallen.
»Ist schon wieder so weit?«, fragt Lena. Sie sitzt an Emilys Schreibtisch und zeichnet auf einem Blatt rum. Kaija reckt sich, kann aber vom Sitzkissen auf dem Boden nichts sehen.
»Aber ab wann darfst du denn eigentlich selbst entscheiden, ob du ihn sehen willst oder nicht?«, fragt Lena und zeichnet dabei weiter.

»Ab zwölf«, sagt Emily leise. Sie liegt ganz nah mit dem Gesicht an Fritzi und streichelt ihn.
»Häh?«, macht Lena.
»Mann. Wenn ich ihn nicht einmal im Monat besuche, dann macht das der Mama Stress. Ist ja auch nur eine Nacht. Und dann muss der eh total oft arbeiten.«
»Und dann sitzt du da rum«, sagt Lena zu ihrer Zeichnung.
»Und dann sitz ich da rum«, singt Emily dem Kater vor.
»Wo denn?«, fragt Kaija.
»Stuttgart«, sagt Emily.
»Ui.« Kaija sitzt im Schneidersitz und knubbelt an ihren Zehen rum.
»Ich bin inzwischen richtig gut im Zugfahren«, sagt Emily.
»Und du?«, fragt Lena. »Fährst du mal wieder zurück, deine alten Freunde besuchen? In den Herbstferien oder so? Oder kommen die dich hier besuchen?«
Kaija will den Kopf schütteln, aber Lena hat ihr den Rücken zugewendet. »Nein«, sagt sie.
»Nein?«, fragt Lena und dreht sich um.
Emily starrt Lena an und schüttelt leicht den Kopf.
Kaija holt Luft, dann schaut sie ihre Zehen in den grauweißen Socken an und bewegt sie, »Nein«, sagt sie.
»Darf ich fragen?«, fragt Lena.
Kaija wackelt mit den Zehen und zuckt mit den Schultern. Das ist keine Antwort, denkt sie.
»Ich hab da keine Freunde. Mehr. Oder so.« Kaija muss so tief Luft holen, dass es sich fast nach einem Seufzen anhört, könnte man meinen.

Lena guckt, Emily guckt und streichelt einen schwarzen Fleck auf dem Bett, der schnurrt.
Der schwarze Fleck guckt nicht.
»Mann«, sagt Kaija kleinlaut. »Also, …«
»Musst nicht sagen«, sagt Lena. »Safe space und so.«
Emily kichert. »Ey, safe space.«
Lena rollt mit den Augen und Kaija lacht ein bisschen.
»Die waren keine Freunde«, sagt sie irgendwann.
»Verstehe«, sagt Lena.
Dann springt Fritzi mit einem Miau auf, rennt zur Tür und will rausgelassen werden. Emily seufzt, steht auf und öffnet ihm die Tür.
Sie lässt die Tür einen Spalt offen. »Der kommt eh gleich wieder«, sagt sie.
Kaija schaut an Lena vorbei nach draußen, wo die Trauerweide sich im Regen und Wind wiegt, als sei das Wetter ein Lied.
»Ich mag Herbst«, sagt Kaija.
»Ich auch«, sagt Lena und zeichnet weiter.
»Yep«, sagt Emily und lässt sich wieder auf das Bett fallen, dass es quietscht und rumpelt.
Dann sind sie still.
»Fucking Stuttgart«, murmelt Lena.
»Fucking Stuttgart«, sagt Emily leise.

»Kann ich hier schlafen?«, fragt Lena, da überlegt Kaija gerade, dass sie nach Hause muss. Sie guckt auf ihr Handy. Papa hat geschrieben *Alles gut, hast du Spaß?*. Kaija schickt einen erhobenen Daumen und schreibt dann, dass sie sich jetzt auf den Heimweg macht. Sie

schaut hoch und sieht, dass Lena und Emily sie angucken. »Was?«, fragt sie.
»Magst du auch hier schlafen?«
»Ich hab gerade Papa geschrieben, dass ich heimkomme«, sagt sie.
»Schade«, sagt Lena.
»Dann ein andermal«, sagt Emily.
Lena zieht schon eine Gästematratze unter Emilys Bett hervor.
Kaija hört Schritte auf der Treppe und dann geht die Zimmertür auf. Emilys Mutter steht da. »Herzmädchen!«, ruft sie.
»C'est moi!«, ruft Emily zurück und hat die Arme weit.
Kaija sieht Emilys Mutter grinsen, dann fällt deren Blick auf Lena und dann auf Kaija.
»Oh. Hallo.«
»Hallo Sina. Uff!«, sagt Lena und hat endlich die Matratze da, wo sie anscheinend sein soll.
»Hallo«, sagt Kaija und weiß nicht, wo sie hinschauen soll.
»Kaija«, sagt sie. »Stimmt doch, oder?«
Die nickt und saugt ihre Unterlippe ein.
»Bleibt ihr zum Abendessen?«, fragt Sina und schaut Lena an.
»Ich bleib für IMMER hier!«, ruft die.
»Ich muss jetzt heim«, sagt Kaija und steht auf.
»Bei dem Regen?«, sagt Sina und bekommt zwei Falten zwischen den Augenbrauen.
Kaija zuckt mit den Schultern.

Sina atmet tief ein, dann sagt sie: »Komm, ich fahr dich schnell heim.«
Kaija sagt Tschüs zu Lena und Emily und läuft dann hinter Sina die Treppe runter. Als sie unten an der Haustür ankommen, ruft Sina in Richtung Küche »Ich fahr schnell Kaija heim, bin gleich wieder da!«.
Tessi steckt ihren Kopf zur Küchentür raus und winkt, sagt »Kaija! Komm mal wieder rum!«.
Kaija nickt lahm, dann rennt sie Sina nach, die schon durch den Regen zu dem einen der beiden Autos sprintet. Sina startet den Wagen, als Kaija gerade sitzt und versucht sich den Gurt anzulegen. Am Tor hält Sina an, springt aus dem Wagen und öffnet das Tor.
Das hätte ich doch machen können, denkt Kaija und beißt an ihrem Daumen rum.
Als Sina wieder im Auto sitzt, hat sie nasse Haare. Sie schaut Kaija kurz an, zieht die Mundwinkel nach oben und fährt dann vom Grundstück auf die Straße.
Die Scheibenwischer quietschen. Der Wagen wackelt über die unebene Straße. Kaija hält sich am Türgriff fest.
Kommst du? Hast du einen Schirm?, schreibt Mama.
Kaija braucht drei Anläufe, bis sie *komme* schreibt.
»Sorry«, sagt Sina zur Windschutzscheibe und setzt den Blinker. Es klackert.
Kaija starrt aus dem Seitenfenster.
So ein Regen, was?, denkt sie. Der Sommer ist jetzt wohl vorbei, oder?, denkt sie. Wetter, Wetter, Wetter, denkt sie.
Da macht Sina das Radio an. Kaija atmet aus.

Die Fahrt dauert nicht lange. Als Sina in die Straße biegt, will Kaija schon aus dem Auto springen, aber Sina fährt weiter bis in die Einfahrt. Und hält. Und macht den Wagen aus. Kaija hat sich schon abgeschnallt und schaut rüber zu Emilys Mutter, die die Hand noch am Zündschloss hat und auf das Lenkrad starrt.
Dann sieht Kaija, dass die Haustür aufgeht.
Mama steht da mit verschränkten Armen und schaut durch den Regen zum Auto. Kaija hebt die Hand, winkt Mama, und Mama lächelt. Dann winkt Kaija Mama zu sich. Erst als sie näher kommt, mit hochgezogenen Schultern durch den Regen zum Wagen huscht, sagt Kaija »Danke fürs Fahren« und steigt aus. Draußen gibt sie Mama einen Kuss auf die Wange und schiebt sie auf den Beifahrersitz.
Dann rennt Kaija zurück zum Haus.

12. Sina zieht die Postkarte aus dem Briefkasten, schaut sie sich an und seufzt leise. Vorne drauf: Strand, blauer Himmel, bunte Sonnenschirme. Hintendrauf: Ruth. Italien, denkt Sina. Sie nimmt die Einkäufe wieder vom Boden und schleppt sie ins Haus, in die Küche. Ruft nach Tessi. Schaut auf die Uhr, ruft noch mal »Tessi, wir müssen gleich los, mach dich mal fertig!«.
Sina räumt die Einkäufe ein, schreibt Mama einen Zettel, dass sie Tessi wegbringt, dass sie sie später auch wieder abholen wird, dass sie einkaufen war und dass der Heizungsmensch angerufen hat. Sie füllt sich ein Glas mit Leitungswasser, trinkt es in einem Zug aus und atmet dann laut aus. Die Karte, denkt Sina, liest sie noch mal durch, aber da steht auch gar nicht viel drauf. Sie hängt sie schnell an ihre Zimmertür, ruft »Tessi!« und geht sie dann holen.

»Ist Mama schon wieder da?«, fragt Eva und steht im Türrahmen.
»Nee«, sagt Sina und macht den Salat fürs Abendbrot. Eva guckt in den Flur, seufzt und setzt sich dann an den Tisch.
»Was ist los?«, fragt Sina.
Eva zieht Gurke und Schneidebrett zu sich und beginnt die Gurke klein zu schneiden.

Sina wartet.
Eva seufzt, schiebt Gurke, Messer und Brettchen von sich weg und sagt: »Ich weiß doch auch nicht. Also. Das ist nicht so einfach.«
Sina steht da mit ihrem Messer in der Hand und hat Angst.
»Was Schlimmes? Ist wieder was kaputt gegangen? Bist du krank? Schwanger?«
Sina geht im Kopf alle Szenarien durch.
»Was Gutes. Für mich.«
Sina setzt sich. »Okay«, sagt sie.
»Ich hab dieses Angebot bekommen, und Martin will da mitmachen, und ich hab auch Lust, aber …«
»Mama«, sagt Sina.
»Ja, eben.« Eva schaut auf die Tischplatte und fährt mit dem Zeigefinger die Maserung nach.
»Komm, erzähl«, sagt Sina.
Eva erzählt. Das ist gut, denkt Sina. Und Eva leuchtet, strahlt, das ist gut, denkt Sina. Sie nickt.
»Was mach ich denn jetzt?«, fragt Eva und schaut Sina an.
Die zuckt mit den Schultern. »Du gehst da hin«, sagt sie.
»Und Mama und Tessi?«, fragt Eva.
»Ich bin doch da.«
Eva dreht eine Haarsträhne und schaut sie an.
»Der Mors hat gesagt, dass ich bei ihm anfangen kann«, sagt Sina. »Der braucht einen Lehrling. Der nimmt auch Mädchen. Und er hat auch gesagt, dass ich ein berufsbegleitendes Studium machen könnte.« Sina hat wieder angefangen die Paprika zu schneiden und Eva hört zu.

»Ich lass dir den Wagen da«, sagt Eva. »Und wenn ich Geld hab, schick ich Geld«, sagt sie.
Sina nickt.
Tessi hat die Musik in ihrem Zimmer laut gedreht.
»Tessi«, sagt Sina leise.
»Lass sie doch«, sagt Eva und legt ihr eine Hand auf den Unterarm. »Deine Musik war viel schlimmer!«

»Kommste mit?«, fragt Rikki. Sina überlegt. Sie hat die Wäsche aus der Maschine geholt, aufgehängt. Mama kommt in einer Stunde nach Hause, hat dann Landfrauentreffen, dafür hat Sina mit Tessi Flammkuchen gemacht.
»Ich muss noch auf meine Mutter warten«, sagt Sina und ist müde. Und duschen muss ich auch noch. Und mir was anderes anziehen.
»Cool«, sagt Rikki, »ich kann auch hier warten«, sagt sie.
»Ich muss noch duschen und so«, sagt Sina und steht im Türrahmen.
»Ja, mach. Ich warte solange«, sagt Rikki und geht an Sina vorbei ins Haus.
Sina stöhnt leise und geht Rikki hinterher in ihr Zimmer.
Die setzt sich auf Sinas Sessel und nimmt ein Buch aus dem Regal. Sina holt Unterwäsche aus dem Schrank, den langen Blumenrock und ein Tanktop. »Bin gleich wieder da.«
Rikki nickt nur.
Als Sina unter der Dusche steht, geht die Tür auf und Tessi setzt sich auf den Wannenrand.

»Duu, Sinaaa?«
»Jaaaaa, Tessiiii?«
Tessi schweigt und Sina spült sich die Haare aus. Sie stellt das Wasser aus, steigt aus der Dusche und wickelt sich in ein Badetuch.
Tessi kämmt sich die Haare und beobachtet Sina.
Wie sie sich die nassen Haare mit dem Handtuch trocknet. Sie durchbürstet und dann noch halb nass zusammendreht und auf dem Kopf feststeckt. Sich eincremt.
»Ist dir langweilig?«, fragt Sina. »Mama kommt gleich von der Arbeit.«
»Können wir eine Katze haben?«, fragt Tessi.
Sina zieht sich Unterwäsche an und guckt Tessi im Spiegel an.
»Das musst du Mama fragen.«
»Ja aber«, sagt Tessi. »Wenn du mir hilfst? Bitte?«
Sina muss lächeln. »Welche Katze denn?«
»Oh, die ist sooo süß, und noch ganz klein und hat blaue Augen, aber Ramona sagt, dass das weggeht, aber die ist echt voll niedlich und die geben sie dann weg.«
»Ramona hat also kleine Katzen«, sagt Sina.
Tessi nickt aufgeregt.
»Ich red mal mit Mama morgen«, sagt Sina. Deo, Labello.
Sina schaut in den Spiegel. Reicht.
Unten geht die Tür und Mama ruft.
»Morgen, Tessi, ja?«, sagt Sina.
Tessi nickt und umarmt Sina plötzlich und heftig. Dann rennt sie aus dem Bad.

Der Müller schiebt Sina ein Radler rüber. »Was kriegst du von mir?«, fragt Sina.
Müller winkt ab. »'nen feuchten Händedruck«, sagt er.
»Iiih«, von Rikki.
»Und?«, fragt Müller.
»Uuuuund? Du so?«, fragt der Wolfi.
Sina trinkt und guckt und macht im Kopf eine Liste, was sie morgen noch machen muss. Sie müssen zu Oma ins Heim. Die Wäsche abhängen. Mit Mama über die Katze reden. Kriegt Tessi eh nicht, denkt Sina.
»Sina, hallo«, sagt der Müller.
»Müller, hallo«, äfft Sina ihn nach. »Danke fürs Radler.«
»Was geht?«, fragt Müller.
Sina zuckt mit den Schultern.
»Wosn deine bessere Hälfte?«, fragt Müller.
»Italien, wahrscheinlich«, sagt Sina.
Müller starrt sie an und nickt.
»Weißt du, was ich so gemein finde?«, sagt Rikki.
»Was denn, Ricardalein«, fragt Müller.
»Nicht du! Sina! Wieso siehst'n du so gut aus ohne Make-up!«
Sina zuckt mit den Schultern und schaut ihr Bier an.
»Naturschönheit halt«, sagt der Müller irgendwann.
Sina wird rot.
Rikki schubst Sina an. »Ein Babe bist du!«
Sina schubst zurück. Schaut hoch und sieht, dass der Müller sie anschaut. Und lächelt. Der Müller, denkt Sina.

Der Müller, wird Sina sagen, der kann übrigens richtig gut küssen. Wer hätte das gedacht. Abwinken wird sie. Na, war nur ein Mal. Kann ja mal passieren. Wahrscheinlich wird Ruth lachen.
Sina nimmt die Wäsche ab, die die ganze Nacht draußen gehangen hat. Nichts passiert, denkt Sina.
Ausrutscher.
Der hat ja eh Ruth gemeint, denkt Sina. Die war halt nicht da.
Sina greift sich an den Kopf. Kater. Sie nimmt die Wäsche, geht ins Haus, in die Küche, wischt den Tisch noch mal ab und sortiert dann die Wäsche. Legt sie ordentlich zusammen. Vielleicht muss sie das auch gar nicht sagen. Vielleicht erst in ein paar Jahren.
Hat ja auch niemand sonst mitbekommen. Nur der Müller und sie. Und wenn der Müller immer noch Ruth will, dann wird der die Fresse halten. Ja.
Mama rennt in die Küche. »Der Wagen springt nicht an!«, sagt sie, Augen aufgerissen.
»Wie jetzt?«, sagt Sina.
»Der Wagen springt nicht an!«, sagt ihre Mutter noch lauter, dann rennt sie wieder nach draußen.
Fuck fuck fuck fuck fuck, macht Sinas Hirn. Nicht das jetzt.
Sie geht ihrer Mutter hinterher in den Hof, wo die schon bei offener Fahrertür im Auto sitzt und zu Sina ruft »Nichts, hörst du? Nichts macht der!«.
Sinas Puls. Fuck.
Das Tor geht auf, laut, Sina guckt hin, da steht Müller mit einer Papiertüte in der Hand. Er sieht Sina. »Früh-

stück!«, ruft er und hält die Tüte hoch. Es ist fast Mittag, denkt Sina. Sie ist seit fast vier Stunden wach.
Müller stellt sich neben Sina und guckt. Schaut zu, wie Sinas Mutter immer wieder den Zündschlüssel dreht, Gas gibt. Wie der Wagen nichts macht.
Dann gibt er Sina die Papiertüte, geht zum Auto. »Ich guck mal«, sagt er.

Der Müller macht das Auto ganz. Der Müller bekommt von Mama extra Kaffee gekocht. Und Mama sagt nicht Müller, sondern »Micha«. Der Müller hat sich heute seinen Vornamen verdient. Sina sitzt ihm gegenüber, merkt, die Mutter siezt ihn. Merkt, der Müller korrigiert sie nicht.
Als Mama aus der Küche geht, um Tessi zu holen, sagt Sina »Sie, Herr Micha« zu ihm und der Müller feixt. Dann lächelt er einfach nur und streichelt ihr über die Wange. »Sag noch mal Micha zu mir.«
»Micha«, sagt Sina. Müller schaut ihr auf den Mund. Sina wird sehr warm.
»Hast du Lust, an den See zu fahren?«, fragt Micha. Micha, wiederholt Sinas Kopf. Micha.
»Sina, du musst nicht mitkommen, ich kann auch mit Tessi allein fahren«, sagt Sinas Mutter plötzlich hinter ihr. Müller Micha wird rot und schaut hoch. Sina kichert leise. Dann nickt sie ihm zu.

Als Sina die nächste Karte von Ruth bekommt, hat sie den Ausbildungsvertrag mit dem alten Mors unterschrieben. Hat sich über die Zulassung zum Studium infor-

miert. Hat den Müller, den Micha jetzt so oft geküsst, dass man es nicht mehr zählen kann. Dass es kein Ausrutscher mehr sein kann. Absicht. Ist mit dem Micha jetzt gesehen worden. War mit ihm auf der Kirchweih. Hat ihn da geküsst. Ist danach mit ihm nach Hause gegangen.
Sina redet in Gedanken mit Ruth. Der ist gar nicht so, wie wir dachten. Sina geht in Abwehrstellung. Sammelt Argumente, warum der Müller nicht einfach nur der Müller ist. Dass der sogar die Mutter zur Katze überreden konnte und dann mit einem Katzenklo und Spielzeug und einem Kratzbaum ankam. Dass Tessi jetzt verliebt in ihn ist.
Und du? Wird Ruth fragen. Bist du in ihn verliebt?
Sina schaut raus, wo Micha der Mutter im Garten hilft. Er hat Konzertkarten gekauft, dabei mag er die Band gar nicht. Sina hätte die sich nie geleistet.
Wie viel leichter alles ist.
Micha guckt hoch und schaut zu Sina, lächelt.
Vielleicht, denkt Sina. Vielleicht bin ich ja verliebt.

Dass Ruth wieder da ist, erfährt Sina erst, da ist Ruth schon vorbeigekommen und hat angerufen. Sina arbeitet, Sina jobbt nebenbei, Sina kümmert sich um den Haushalt und kutschiert Tessi durch die Gegend.
Am Abend, als sie mit Micha auf das Konzert gehen will, da ruft Ruth an. Micha steht neben Sina und schaut auf die Uhr. Sina ist zu spät von der Arbeit gekommen.
»Sag ihr, dass wir losmüssen«, sagt er laut genug, damit Ruth ihn hören kann. Absicht, denkt sie.

Was jetzt, denkt sie auf dem Weg zum Konzert.
»Ist Ruth wieder da?«, fragt er und schaut auf die Straße.
»Scheint so«, sagt Sina. »Ich geh morgen mal vorbei.
»Fängt die jetzt an zu studieren?«, fragt Micha und klingt wie Müller.
»Ich weiß nicht.« Sina macht das Beifahrerfenster ein bisschen runter.
Müller gibt ein Geräusch von sich. »Die Ruth.«
Die Ruth, denkt Sina, die kennst du doch gar nicht.
»Der geht es zu gut. Die hat nie arbeiten müssen, die hat immer Geld gehabt.«
Du doch auch, denkt Sina.
Sie greift nach der Bonbondose, die im Handschuhfach liegt. Die Zitronenbonbons kleben aneinander, sind mit Zucker verschweißt. Sina bricht sich eins ab, steckt es sich in den Mund.
Dann macht sie das Radio an.

Schau, denkt Sina, war doch gar nicht so schlimm. Sina trägt jetzt einen Emaille-Anhänger an einem Lederband von Ruth, am Arm ein geflochtenes Band von Tessi.
»Brauchst nur noch von mir was«, sagt der Micha. Sina wird rot.
Am Ende vom Sommer sind sie so offiziell, dass es für die meisten schon nicht mehr der Rede wert ist, nur noch eine Neuigkeit für die, die aus dem Urlaub zurückkommen. Dass er an ihrer Seite sitzt. Dass schon welche fragen, wann sie denn zusammenziehen.
»Ist euch so langweilig?«, fragt Micha und schüttelt den Kopf.

Ruth ist nicht mal eine Woche da, da redet sie wieder übers Wegfahren. Und das nicht mal, während sie zu zweit sind, sondern in der Kneipe bei Doris, wo sich alle immer noch jeden Dienstag treffen. Wie zu Abizeiten. Da sagt Ruth plötzlich, dass sie gerade den Flug gebucht hat und am Tag drauf die letzten Impfungen kriegen wird.
»Die kommt nicht wieder«, sagt der Müller.
Das weißt du doch gar nicht, denkt Sina. Du kennst sie doch gar nicht. Du bist doch nicht seit immer mit ihr befreundet.
»Hat sie denn mal gefragt, was bei dir los ist?«, sagt der Müller auf dem Nachhauseweg, »Nach der Lehre und so? Nach Eva?«
Sina lügt. Ja, hat Ruth.
Sina sagt nicht, dass es Gesprächstäler gibt, die beide nicht mehr betreten. Du bist eins, denkt sie. Von dir reden wir nicht. Und wir reden auch nicht davon, was mit diesem Typen aus Australien war, ob der sich noch mal gemeldet hat. Ich frage nie, warum sie nicht hierbleiben will. Und ich sag ihr nicht, dass ich hierbleiben will. Muss.
Ruth bleibt nur noch wenige Tage, sie schreibt Sina ihre E-Mail-Adresse auf, ihre Adresse im Ausland, »Schreib mir, ja?« Sina nickt und denkt, wann denn?
Wo ein Wille ist. Wo eine Freundschaft ist. Wer will, findet Wege.

Dann.
Der Unfall.
Sina ist in Norddeutschland auf einem Lehrgang, als ihre Mutter sie irgendwann erreicht, sagt, komm runter, die Eltern von Ruth, du musst zur Beerdigung kommen.
Sina versucht freizubekommen. Für eine Beerdigung. »Eine Angehörige?« Sina lügt und nickt. Onkel und Tante, Autounfall. Sina bekommen zwei Tage frei, länger darf sie nicht wegbleiben. Sie schafft es gerade so zu der Beerdigung. Ist eine von vielen in einer Reihe von schwarzgekleideten, mein Beileid Nuschelnden. Als sie drankommt, nimmt sie Ruth in den Arm. Aber die ist nicht da, die tut nur wie Ruth, eine Hülle von ihr. Verständlich, sagt Mama, klar, sagt Eva, stell dir mal vor.
Das kann man sich nicht vorstellen.
Sie geht bei Ruth vorbei, aber die schläft schon, sagt die Tante. Jetlag und das alles. Das. Alles.
Sina muss den ersten Zug am nächsten Tag kriegen.
Sie schreibt Ruth einen Brief, der nichts kann, weil kein Wort reicht, weil.
»Ich drück dich.«
Alles andere klingt nach Floskeln und hohl.
Sina sitzt in vier unterschiedlichen Zügen und einem Bus und immer wieder holt sie den Schreibblock raus und versucht einen Brief zu schreiben.
Als sie in der Tagungsstätte ankommt, sucht sie eine Telefonzelle, ruft an und erreicht nur den Anrufbeantworter.
Dass sie auf einem Lehrgang ist. Dass sie wieder anrufen wird.

Das zwei, drei Abende. Dann ist der Anrufbeantworter voll. Irgendwann geht nicht mal der dran.
Als Sina endlich zurückkommt, als sie bei Ruth in der Tür steht, kniet die im Flur vor Kisten.
Und sagt, dass sie weggeht. Dass sie wegmuss. Und Sina weiß, sie kommt nicht wieder. Und wäre sie nicht vorbeigekommen, denkt sie. Dann wäre Ruth einfach weg. Dann hätte ich irgendwann gesehen, dass hier neue Menschen wohnen.
Ruth schüttelt den Kopf. Ruth ist eine Mauer und Sina steht davor und kann nicht durch.
Sie sagt noch »Wenn du noch mal reden willst. Du weißt ja, wo ich wohne«.
Aber ob Ruth das hört?
Ruth kommt nicht mehr vorbei. Irgendwann, Monate später, bekommt Sina noch hie und da Karten.
Sie hängt sie nicht mehr an die Tür. Die anderen liegen in einer Kiste, mit den Fotos.
Wenn andere nach Ruth fragen, zuckt sie mit den Schultern. Sagt, das hat sich verlaufen. Im Sande. Irgendwann fragen die Leute auch nicht mehr nach denen, die weggegangen sind.
Ruth taucht nicht mehr auf, kein Spontangast bei Doris am Dienstag, zu Weihnachten, nicht zum einjährigen Abitreffen, zum fünfjährigen. Und auch als Micha fragt, ob sie zusammenziehen. Ob sie heiraten. Ob sie ein Kind haben wollen.
Ruth bleibt weg.

13. »Nein!«, schreit die Tante. »Ich geh da nicht hin!«
Kaija schlüpft aus den Schuhen, rutscht über den Steinfußboden zur Küche.
Sieht da in der einen Ecke Papa, in der anderen Josepha.
Draußen regnet es weiter.
»Hallo«, sagt sie.
Papa macht eine hilflose Bewegung mit den Händen. Wie ein verzweifelter Dirigent.
Josepha verschränkt die Arme, knurrt: »Und rauchen will ich auch, verdammt noch mal!«
»Du rauchst nicht mehr!«, fällt Kaija auf. Seit wann?
»Das merkst du erst jetzt?!«, schnauzt Josepha.
»Sorry«, sagt Kaija. »Cool! Glückwunsch!«
»Danke«, sagt die Tante mit kleiner Stimme.
Papa setzt an was zu sagen, aber sie unterbricht ihn.
»Komm mir jetzt ja nicht mit Meditieren oder so einem Scheiß!«
Sie setzt sich an den Tisch, nimmt sich einen Apfel aus der Obstschale, steht wieder auf, geht an eine Schublade und holt sich ein scharfes Messer. Dann schneidet sie den Apfel in Stücke, entfernt das Kerngehäuse. Schiebt sich mit dem Messer in der Hand die Schnitze in den Mund.

»Fang bloß nie an mit Rauchen«, sagt sie zu Kaija, ohne sie anzuschauen.
»Okay«, sagt die.
Josepha grinst ein bisschen. »Gutes Mädchen.«
»That's me«, sagt Kaija leise zu ihr.
Papa setzt sich an den Tisch. Er seufzt, schaut aus dem Fenster und streichelt sich selbst den Bart. »Und wenn ich dich woanders hinfahre?«, fragt er irgendwann.
Josepha ignoriert ihn, isst weiter Apfelstücke.
Kaija weiß, sie ist nicht gemeint. Sie fragt »Wohin?«.
»Egal«, sagt Josepha.
»Zum Friseur«, sagt Papa.
Josepha knurrt und nimmt noch einen Apfel.
Sie zeigt mit dem Messer auf Kaija. »Der Scheiß Dorffriseur hier wollte mir eine Fönwelle verpassen!« Sie schüttelt den Kopf. »Und dann hat der mit mir geredet, als wäre ich ein trotziges Kind! So ein Arschloch! ICH WILL RAUCHEN VERDAMMT!«
Papa steht auf, geht aus der Küche.
»Wann hast du denn aufgehört?«, fragt Kaija.
Josepha lächelt sie an. »Ist lieb, dass du fragst.« Sie schiebt ihr ein Stückchen Apfel zu. »Hier. Vitamine. Iss. Du bist im Wachstum.«
Sie essen Apfel.
»Ich hab Stricken versucht«, sagt Kaija.
Josepha nickt.
»Aber ist nicht so einfach.«
»Übungssache«, sagt die Tante, »kann ich dir zeigen.«
Papa kommt in die Küche, stellt einen kleinen Karton auf den Tisch und hebt den Deckel ab.

Dann holt er einen Langhaarschneider hervor.
»Das wäre eine Alternative«, sagt Papa.
»Au ja«, sagt Kaija und schubst die Tante an.
»Hörste, Junge? Au ja! Wir machen uns jetzt alle die Haare schön!«

»Ich hol mal den Staubsauger«, sagt Josepha. Sie fährt sich immer wieder mit der Hand über den Nacken.
Papa schaut sich im Spiegel an, dann stellt er den Langhaarschneider wieder an und bearbeitet seinen Bart.
Kaija sitzt hinter ihm auf dem Rand der Badewanne, hat ein Bein hochgezogen und schaut Papa zu. Manchmal wirft er ihr im Spiegel einen Blick zu. Zwinkert. Stellt eine andere Länge ein und macht mit seinen Haaren weiter. Kaija zieht scharf Luft ein und verkneift sich ein Lachen. Die Tante steht mit dem Staubsauger im Türrahmen und sagt laut über das Brummen hinweg »Ah, dann wart ich mal besser mit Saugen«.
Sie setzt sich neben Kaija, schubst sie an. »Und was ist mit dir, was machen wir mit deinen Haaren?« Sie nimmt Kaijas Haare in die Hand, die einfach lang und braun sind.
»Keine Angst. Wächst alles wieder nach«, sagt Josepha.
»Deine Mutter hatte immer andere Haare. Alle Farben. Kurz, lang, rot, schwarz, blond, blau. Die wussten hier nicht, wie ihnen geschieht.«
Kaija stellt sich neben Papa und bindet sich die oberen zwei Drittel ihrer Haare zusammen. Dann nimmt sie sich die Schneidemaschine von Papa und rasiert sich alles darunter auf 9 Millimeter. Papa schaut noch mal, bessert nach.

»Very cool«, sagt er.
Kaija befühlt ihren Nacken. Nickt sich selbst im Spiegel zu.
Erst als sie sich gegenseitig die Haare von den Schultern geklopft und das Bad gesaugt haben, taucht Mama wieder auf.
Sie schaut von Papa zu Kaija zur Tante und nickt nur lächelnd.
»Wow. Wie lange war ich denn draußen?«, fragt sie.
Papa geht zu ihr und nimmt sie in den Arm, flüstert ihr was ins Ohr. Mama lächelt, dann fährt sie ihm über die Haare. Mama schnurrt Papa an und hat Herzchenaugen.
»Jesus!«, ruft die Tante. Mama wacht auf und schaut Josepha an. »Du!«, sagt sie. »Nach dir wurde heute gefragt!«
»Uuh, they got you«, sagt Papa und räumt den Langhaarschneider wieder in den Karton.
»Schöne Grüße von Marlies soll ich ausrichten«, sagt Mama und schaut die Tante an.
»Aha«, sagt die mit halb so wenig Luft wie sonst.
Mama grinst. Dann nimmt sie Kaija in den Arm. »Du hast noch gar nichts zu Abend gegessen, oder? Komm, mein Kind, ich fütter dich.«

Als Kaija am Abend im Bett liegt, prasselt der Regen immer noch gegen die Fensterscheiben. Aber da fahren keine Autos über nasse Straßen, da sind keine Laternen.
Mama kommt und legt sich neben Kaija, die rutscht zur Seite und schiebt ihren Kopf unter Mamas Arm.

»Der Regen klingt hier anders«, sagt sie zu Mama.
»Ja. Ist einiges anders hier«, sagt Mama. »Kein Theater, keine Öffentlichen. Kein Museum.«
»Aber ein Kino«, sagt Kaija.
»Wirklich?«, fragt Mama.
Kaija nickt in Mamas Achsel. »Hat Lena erzählt.«
»Wow«, sagt Mama.
»Und Menschen mit Katzen«, sagt Kaija.
»Und Wald und Seen. Und Schafe«, sagt Mama.
»So viele Tiere!«, sagt Kaija.
Mama kichert. Dann zieht sie Kaija an sich und schweigt ein bisschen. Kaija kann ein Herz schlagen hören und weiß nicht, ob das ihres ist.
»Ich muss mich erst wieder eingewöhnen. Alles neu. Alles alt und neu«, flüstert Mama irgendwann. Sie seufzt.
»Zuhause«, sagt Kaija.
»Ja«, sagt Mama. Sie sieht auf dem Stuhl neben dem Bett die Sachen, die sich Kaija für morgen zurechtgelegt hat.
»Oh, der Rock!«, sagt sie und guckt Kaija an.
Kaija guckt zum Stuhl. »Ja«, sagt sie. »Passt jetzt doch.«

RUtH

14. Ruth hat Farben besorgt.
Ruth hat den Rehberge bequatscht, bis der mit den Augen gerollt hat, nur noch »Jaja, is gut, von mir aus« gesagt hat, weil er endlich ins Lehrerzimmer wollte, rauchen. Der Rehberge hat drei Kreuze gemacht, dass es fast vor den Ferien war. Dass die Abiturienten eh schon weg waren, dass er alle durchgewuchtet hat, seinen ersten Jahrgang, und jetzt wollte er nur noch ein Projekt von der Neunten. Nett sollte das sein, was Kreatives. Wusste, die meisten würden das eh an einem Nachmittag zusammenschludern. Und ihm war das auch egal, würde keiner schlechter als eine Drei bekommen, solange was abgeliefert wurde.
Die Ruth wollte also was malen und hatte Pläne gezeichnet, hatte das mit den Dimensionen auch richtig gemacht und sagte nun, dass sie das umsetzen würde, und danach dann … Aber er hätte ja jetzt schon mal die Skizze. Der Rehberge wollte schon sagen »Das reicht, ist doch gut«, weil er eh nicht daran glaubte, dass sie das auch durchziehen würde. Bei dem Wetter. Wo die anderen jeden Nachmittag am See waren. Wo sie alle morgens nur noch in den Bänken hingen und abwarteten, ob es wieder hitzefrei geben würde. Gab es regelmäßig. Es war heiß und die Schule nicht klimatisiert. Mehr als vier

Stunden hatten sie diese Woche an keinem einzigen Tag gehabt.
Der Rehberge drückte die Zigarette aus, schaute noch einmal auf die Skizze für das Wandbild von Ruth Maybaum. Da ging es um Perspektive, da ging es auch um Planung, da ging es um das Thema »Die Welt, in der ich lebe«.
Er trugt eine 1 neben den Namen Maybaum ein, und dann ging er nach Hause.

Ruth hat Farben besorgt, aber Sina weiß nicht, wo. Ruth kennt da jemanden, hat sie gesagt, und Sina hat den Anhänger fürs Fahrrad mitgenommen, die Farbe hintendrauf gepackt und ist dann Ruth hinterhergefahren. Zur Schule. Da hat Ruth gehalten, das Tor zum Gelände geöffnet, ihr Rad durchgeschoben und dann das Törchen weiter aufgehalten, damit Sina mit dem Anhänger durchkommt. »Komm«, sagt Ruth und rollt mit ihrem Rad zur Turnhalle, an der Turnhalle vorbei, und dann stehen sie an der Rückseite, wo nur die graue Wand und eine Brache sind, mit der noch keiner was angefangen hat.
Die Wand, sieht Sina, ist nicht nur grau, da sind Umrisse vorgezeichnet. Sina guckt Ruth an, die grinst. »Art attack!«, sagt sie.
»Nee, oder?«, fragt Sina.
»Oh doch!«, sagt Ruth und grinst noch weiter, als ob das geht.
»Weiß das der Rehberge?«, fragt Sina und lässt sich auf die Wiese fallen.

»Vielleicht. Ich hab ja versucht es ihm zu sagen, aber ich glaube, der wollte das gar nicht so genau wissen.«

»Mann, Ruth.«

»Wer viel fragt, geht viel irr, liebe Sina. Komm, wir machen ein bisschen Kunst!«

Sina lässt sich jetzt komplett in die Wiese fallen und schaut in den Sommerhimmel, der da oben schwirrt. Mausersegler sieht sie.

»Wenn wir erwischt werden …«

»Nehm ich alle Schuld auf mich und sag, dass du nichts davon gewusst hast.« Ruth legt sich drei Finger auf die Brust. »Ich schwöre.«

Sina steht auf, bindet sich die Haare neu zusammen und greift nach einem Pinsel.

»Los, was soll ich machen?«

»Wie gut, dass es Sommer ist. Wie gut, dass es so lange hell ist.«

»Wie gut, dass du mich hast«, sagt Sina.

»Das eh. Hab ich ein Glück, ey!«

Sina und Ruth sitzen auf der Wiese und schauen sich ihr Werk an.

Sina muss jetzt auch grinsen, weil es gut ist. Weil sie das gemacht haben.

»Und schau, das ist jetzt für die Ewigkeit. Das werden Generationen von Schülern sehen, weil wir das gemalt haben.«

Das wird wahrscheinlich noch vor dem nächsten Schuljahr übermalt werden, denkt Sina.

Aber das wird es nicht. Der Rehberge wird mitspielen.

Wird dem Konrektor, der eh nichts mehr auf die Reihe kriegt, sagen, dass sie das vor Wochen schon abgesprochen haben. Wird das vor der Sekretärin sagen, vor der sich der Konrektor nicht die Blöße geben will.
So eine gute Idee, wird der Konrektor sagen. Und der Rehberge wird sagen, vielleicht sollte man noch was mit der Brache daneben anfangen. Ein Gartenprojekt vielleicht. Eine AG. Der Konrektor wird abwinken und das seinem Nachfolger überlassen.
»Du musst das noch signieren«, wird der Rehberge zu Ruth am letzten Schultag sagen und ihr einen dicken Lackstift hinhalten.
Ruth wird ihren Namen druntersetzen, die Jahreszahl, und später wird sie noch *Sina* dahinter schreiben.

kaija

15. »Wir bekommen morgen eine schwangere Katze«, sagt Emily.
»Beeeeeebiiiiiis!«, fiept Lena und hat ihre Fäuste an den Mund gehoben vor lauter Aufregung.
Sie schubst Kaija an »Katzenbabys, Kaija! Miau! Ich sterbe!«
Kaija googelt, wie lange Katzen trächtig sind. 65 Tage, sagt Google.
Emily guckt ihr über die Schulter, sagt »Nee, du, die ist kurz vorm Werfen, das dauert nicht mehr lang!«.
In dem Moment brummt Kaijas Handy und sie und Emily schauen wieder runter auf das Display.
Remi. *Kann ich dich mal anrufen?*
»Sorry«, murmelt Emily.
»Nich schlimm«, sagt Kaija.
»Sollen wir rausgehen?«, fragt Emily.
Kaija schaut hoch. »Warum?«
Emily nickt zum Handy hin. »Na, weil.«
Kaija fährt sich über den Nacken und zieht eine Haarsträhne aus dem Pferdeschwanz, wickelt sie um ihren Zeigefinger.
»Wer ist das denn?«, fragt Lena.
»Eine von denen«, sagt Kaija. »Remi.«
Emily nickt »Okay.«

»Hast du die nicht alle blockiert?«, fragt Lena.
»Nee?« Kaija schaut sie an und beißt auf ihrer Unterlippe rum.
Lena zuckt mit den Schultern. »Ich mein. Kann man machen. Hab ich auch schon gemacht.«
»Oder willst du wissen, was sie dir sagen will?«, fragt Emily.
»Vielleicht«, sagt Kaija.
»Wir können auch hierbleiben und du machst auf laut«, sagt Lena.
Emily schubst sie an, »Ey, du bist so neugierig!«
Kaija grinst halb. Sie schaut hoch. »Okay, einerseits will ich schon wissen, was sie will. Aber wahrscheinlich ist ihr einfach nur langweilig. Oder sie will lästern oder so. Oder sie erzählt mir von den anderen.« Kaija schnauft und schaut zur Decke. »Mann, eben gings mir noch gut!«
Es brummt. Remi hat ein Fragezeichen nachgeschickt.
»Fuck you«, sagt Kaija leise.
»Blockieren, ich sags dir«, sagt Lena.
»Ja Scheiße«, sagt Kaija.
Sie schmeißt das Handy aufs Bett und setzt sich auf den Boden davor.
»Komm«, sagt Emily und zieht sie hoch. »Wir machen was anderes. Ohne Handy.« Sie guckt Lena an, die auch aufsteht. Dann rennen sie nach unten, aus dem Haus, nehmen die Fahrräder und fahren los.
Der Regen hat seit letzter Nacht wieder aufgehört, der Himmel ist heute Mittag aufgerissen. Kaija lässt das Fahrrad rollen und hält das Gesicht in die Sonne.

Sie fahren über die Gleise, durch Maisfelder, bis der Wald anfängt und der Weg weicher wird. Kaija holt tief Luft, riecht alles.
Emily und Lena quietschen und fahren ein Rennen. »Wer zuerst da ist!«, johlt Lena und saust voran.
»WO DENN ÜBERHAUPT?!?«, ruft ihr Kaija nach, aber sie hört nur Lachen.
Als sie ankommt, liegen die Räder schon auf der Erde, sind nicht abgeschlossen, wurden einfach fallen gelassen.
»Na komm!«, ruft Lena. Sie steht auf einem Findling und zieht sich gerade die Socken aus.
»Was passiert hier?«, fragt Kaija und sieht, wie sich Emily die Unterwäsche auszieht und mit Anlauf von dem Stein springt, es platscht.
»Wir schwimmen!«, lacht Lena. »Los!«, und dann springt sie auch.
Kaija geht ihnen hinterher, steigt auf den Findling und schaut runter auf Lena und Emily, die ihr entgegengrinsen und Wasser treten.
»Du kannst schwimmen, oder?«, fragt Emily.
»Klar!«
»Sicher?«, lacht Lena.
Kaija rollt mit den Augen, schaut sich um, bevor sie sich auszieht.
Dann springt sie ins Wasser.

EINE KLASSENREISE INS UNGEWISSE

Tamara Bach
SANKT IRGENDWAS
Hardcover
128 Seiten
ISBN 978-3-551-58430-4
Auch als E-Book erhältlich

WER KANN SICH NICHT AN SEINE KLASSENREISEN ERINNERN, an ungerechte Lehrer und das Gefühl, diesen einen Moment für immer festhalten zu wollen? Irgendetwas ist schrecklich schiefgegangen auf der Klassenfahrt der 10b. Das sagen zumindest die anderen. Und dass es deshalb heute Abend eine Klassenkonferenz mit ALLEN Eltern gibt. Aber keiner weiß, was genau passiert ist. Eine Art Machtkampf zwischen Schülern und Lehrern. Ob in dem Protokoll mehr steht? Und ob wirklich eine ganze Klasse von der Schule geschmissen werden kann?

WWW.CARLSEN.DE

CARLSEN

EINSZWEIDREI

GEBROCHENE HERZEN

Tamara Bach
HONIG MIT SALZ
Hardcover
160 Seiten
ISBN 978-3-551-58499-1
Auch als E-Book erhältlich

ARI HAT KEINE LUST MEHR AUF SOMMERURLAUB mit ihren Eltern. Darauf, mit Papa an übervollen Stränden rumzuhängen, sich Mamas Vorträge über längst vergessene Tempel anzuhören oder die ganze Zeit die Streitereien der beiden mitzukriegen. Wie viel toller wäre es, wenn sie allein mit Elif verreisen könnte. Dann würden sie selbst bestimmen, was sie tun wollen, endlos reden oder einfach bis zur nächsten Insel schwimmen. Aber dann hätte sie auch Pegasos nicht kennengelernt, der mit dem Mofa durch die engen Gassen kurvt und Ari zum Träumen bringt. Von Morgen und von eigenen Reisen.

WWW.CARLSEN.DE

BIS HIERHER
UND DANN WEITER

Tamara Bach
WAS VOM SOMMER ÜBRIG IST
Taschenbuch
144 Seiten
ISBN 978-3-551-31421-5
Auch als E-Book erhältlich

IN DIESEM SOMMER stimmt nichts für Louise. Die Eltern sind ihr noch fremder als sowieso schon und die Klassenkameraden auch, vor allem seit der Sache mit Paul. Und ihr eigentlich so guter Plan, den Job beim Ampelbäcker und das Zeitungsaustragen so einzurichten, dass sie die Fahrstunden schnell abhaken kann, scheitert in der Praxis kläglich. Vielleicht hätte sie zumindest ihrer Oma nicht noch versprechen sollen, auf ihren kurzatmigen Hund Bonnie aufzupassen. Und dann ist da Jana, die mitten im Hochsommer auf einem Stromkasten sitzt und einen dieser kleinen, eingeschweißten Schokokuchen isst. Und die Louise auf einmal wie ein Schatten folgt, fast so, als erwarte sie von Louise, dass sie ihr zeigt, wie man lebt.

WWW.CARLSEN.DE

CARLSEN

Außerdem von Tamara Bach im Carlsen Verlag erschienen:

Busfahrt mit Kuhn
Das Pferd ist ein Hund
Honig mit Salz
Jetzt ist hier
Marienbilder
Marsmädchen
Mausmeer
Vierzehn
Wörter mit L
Was vom Sommer übrig ist

Wir behalten uns die Nutzung unserer Inhalte für Text- und Data-Mining im Sinne von § 44b UrhG ausdrücklich vor.

Wir produzieren nachhaltig

- Klimaneutrales Produkt
- Papiere aus nachhaltigen und kontrollierten Quellen
- Hergestellt in Deutschland

FSC www.fsc.org MIX Papier | Fördert gute Waldnutzung FSC® C014496

© 2024 bei Carlsen Verlag GmbH
Völckersstraße 14–20, 22765 Hamburg
Umschlaggestaltung: formlabor unter Verwendung eines Bildes von Madeby / photocase.de
Lektorat: Katja Maatsch
Herstellung: Karen Kollmetz
Satz: Dörlemann Satz, Lemförde
Druck und Bindung: GGP Media GmbH, Pößneck
ISBN: 978-3-551-58543-1
Printed in Germany

CARLSEN-Newsletter: Tolle Lesetipps kostenlos per E-Mail!
Unsere Bücher gibt es überall im Buchhandel und auf carlsen.de.